FERAN

POR UNA ROSA

LAURA GALLEGO · BENITO TAIBO · JAVIER RUESCAS

ILUSTRACIONES DE MAR BLANCO
COORDINACIÓN DE JAVIER RUESCAS

montena

El papel utilizado para la impresión de este libro ha sido fabricado a partir de madera procedente de bosques y plantaciones gestionadas con los más altos estándares ambientales, garantizando una explotación de los recursos sostenible con el medio ambiente y beneficiosa para las personas. Por este motivo, Greenpeace acredita que este libro cumple los requisitos ambientales y sociales necesarios para ser considerado un libro «amigo de los bosques». El proyecto «Libros amigos de los bosques» promueve la conservación y el uso sostenible de los bosques, en especial de los Bosques Primarios, los últimos bosques vírgenes del planeta.

Papel certificado por el Forest Stewardship Council®

FSC
www.fsc.org
MIXTO
Papel procedente de fuentes responsables
FSC® C117695

Primera edición: marzo de 2017

Printed in Spain – Impreso en España

ISBN: 978-84-9043-792-6
Depósito legal: B-411-2017

Compuesto en M. I. Maquetación, S. L.

Impreso en Cayfosa
Santa Perpètua de Mogoda (Barcelona)

GT 3 7 9 2 6

Penguin
Random House
Grupo Editorial

EL ZORRO Y LA BESTIA

LAURA GALLEGO

EL ZORRO Y LA BESTIA

LAURA GALLEGO

El visitante llegó al castillo al ponerse el sol y se detuvo ante la cancela, una alta verja de hierro labrado y oxidado por el paso del tiempo. Contempló el edificio con curiosidad; no era tan antiguo como le había parecido en un principio, pero estaba muy descuidado, como si todos sus habitantes lo hubiesen abandonado a su suerte años atrás.

Y, no obstante, los lugareños aseguraban que algo terrible moraba en aquel castillo, algo que bramaba y aullaba por las noches y se infiltraba en sus peores pesadillas. Algo a lo que nadie había sabido ponerle nombre.

El visitante suspiró para sus adentros. Bien, en caso de que los rumores fueran ciertos, a ese algo no parecía molestarle en absoluto la herrumbre de la cancela ni las malas hierbas del jardín. «Nunca confíes en individuos que no conservan su madriguera arreglada», se dijo a sí mismo mientras alzaba el grueso candado con despreocupación. «Es probable que mantengan su alma en un estado similar.» La cerradura se abrió con un chasquido y la cadena que aseguraba la verja cayó al suelo sin más, como los despojos de la muda de una serpiente.

El intruso se deslizó en el interior del recinto sin mayor ceremonia, pero se tomó la molestia de volver a cerrar la puerta tras él. Al hacerlo, fue consciente de pronto de que, una vez más, la cola de zorro que brotaba de la base de su espalda traicionaba su disfraz humano. Suspiró de nuevo mientras la hacía desaparecer. Por norma general no veía inconvenientes en exhibir su verdadera naturaleza, pero para llevar a cabo aquella investigación en concreto necesitaba algo más de discreción. No obstante, sus precauciones no le valdrían para nada si el habitante del castillo era la clase de criatura que sospechaba.

«Pero no lo parece», pensó mientras se deslizaba a través de una maleza feroz y desenfrenada. Se detuvo ante una de las estatuas que salpicaban lo que tiempo atrás pudo haber sido un jardín elegante y bien cuidado. La escultura representaba a una doncella de gesto desconcertado, como si hubiese sido sorprendida por algo desagradable e inesperado en mitad de un plácido paseo. Diez pasos más allá se alzaba una segunda esta-

tua, la de un joven que parecía correr hacia ella muy alarmado. El zorro frunció el ceño y examinó el siguiente grupo escultórico: tres criadas que se abrazaban desconsoladas, como si alguna horrible desgracia se hubiese abatido sobre ellas. Sus lágrimas de piedra y el inquietante realismo de sus expresiones de angustia despejaron cualquier duda que pudiese albergar sobre el dudoso gusto del escultor. Obviamente, aquello no eran estatuas, sino personas hechizadas.

El visitante pasó una mano ante el rostro perplejo de un jardinero que aún conservaba entre las manos los restos pétreos de las malas hierbas que acababa de arrancar al ser alcanzado por aquella extraña maldición. No se produjo el menor cambio.

El zorro entornó los ojos. No contaba con poder deshacer el hechizo sin más, puesto que parecía claro que se trataba de una magia muy poderosa. Pero sí esperaba percibir al menos algún tipo de resistencia. No obstante, su propio poder ni siquiera había llegado a arañar la superficie de aquel intrincado conjuro. ¿Cómo era posible?

Mientras se deslizaba como una sombra por la escalinata de piedra que conducía a la puerta principal, su mente trabajaba a toda velocidad, analizando todas las posibilidades.

Habría apostado que se trataba de magia Ancestral, una particularmente antigua y eficaz. Por lo general, los Ancestrales que más problemas causaban solían ser los Lobos. Pero tenía que reconocer que toda aquella escenificación no era propia de esas criaturas. Los Lobos devoraban a la gente, no la convertían en piedra. Y preferían los bosques profundos a los castillos abandonados.

En esta ocasión, el visitante no tuvo necesidad de emplear su magia para abrir la puerta, puesto que esta no estaba cerrada con llave. Tal vez al habitante del castillo no le inquietaba la posibilidad de recibir visitas. O quizá pensara que nadie osaría penetrar en su morada.

Era obvio que no había contado con la incorregible curiosidad de los zorros.

«Puede que se trate de un Oso», se dijo, examinando con curiosidad las marcas de zarpas de las paredes. Quizá había preferido hibernar en un castillo, en lugar de hacerlo en una cueva.

En aquel momento, un pavoroso bramido sacudió los cimientos del edificio. Sonaba sin lugar a dudas como una amenaza, pero el zorro no se amilanó. No se le había escapado que en aquel grito se ocultaba también un lamento desesperado.

Cada vez más intrigado, el visitante avanzó escaleras arriba, en dirección a la fuente del aullido. En el piso superior descubrió con cierta sorpresa que, si bien el resto del castillo mostraba una desoladora pátina de suciedad y abandono, en aquella parte parecía que alguien se había tomado la molestia de limpiar un poco, o al menos de intentarlo.

Al asomar la cabeza al interior de lo que parecía el dormitorio principal, sintió de pronto una presencia tras él. Se tensó, listo para saltar a un lado y evitar un posible zarpazo, pero lo único que hizo la criatura fue vociferar a su espalda:

—¡¿Quién eres tú, humano, y por qué has entrado en mi casa sin mi permiso?!

El zorro se volvió.

—¿Humano, has dicho? —repitió, ligeramente ofendido.

La criatura dio un paso atrás y lo miró con sorpresa.

El visitante lo estudió a su vez, en un intento de catalogarlo.

Era un ser alto, fornido y notablemente peludo, pero no se trataba de un oso. Tenía hocico, y un par de orejas redondas en lo alto de la cabeza, sí, pero también dos cuernos retorcidos y unos gruesos colmillos que recordaban a los de un jabalí. Las cejas, enormemente pobladas, protegían sin embargo unos ojos castaños que lo recorrían con una mirada humana.

—Oh, ya entiendo —murmuró el zorro, un tanto decepcionado—. Resulta que no eres exactamente lo que pensaba que eras.

El monstruo parpadeó, confuso.

—¿Cómo dices? —farfulló.

Probablemente estaba tan acostumbrado a que la gente saliera huyendo ante su presencia que la actitud del intruso lo había dejado sin saber cómo reaccionar.

El zorro se irguió y le tendió la mano con naturalidad.

—Encantado de saludarte —le dijo—. Me llamo Ren, y tú debes de ser la criatura a la que llaman la Bestia.

El monstruo contempló la mano del visitante sin saber qué hacer con ella. Finalmente, y tras un largo titubeo, alzó una zarpa y la estrechó con cautela, como si temiera romperla.

—La Bestia… —murmuró—. Sí, en efecto, es así como me llaman.

Tenía una voz profunda, gutural, y pronunciaba las palabras de forma curiosa, como si tuviese la boca llena de guijarros. Probablemente se debía a los colmillos.

—Ah, estupendo —siguió parloteando Ren, más animado—, porque he venido hasta aquí precisamente con la intención de hablar contigo.

—¿Conmigo?

—Sí, eso he dicho. No serás duro de oído, por un casual…

—¿Duro de…? No, no. —La Bestia inspiró hondo y reorganizó sus ideas, tratando de reconducir la conversación—. Lo que ocurre es que hace ya bastante tiempo que no viene nadie a visitarme.

Ren asintió, comprensivo.

—Es natural. Es lo que suele suceder cuando uno se comporta de forma grosera con los invitados —opinó—. Gruñidos, bramidos, colmillos…, esas cosas.

—¿Cómo? ¿Insinúas que yo…?

—Por no hablar del castillo. —Ren se estremeció visiblemente—. Todo humedad, polvo y telarañas. Y ese jardín devorado por los matojos y las malas hierbas. —Chasqueó la lengua con disgusto—. Es una imagen muy lamentable para alguien de tu posición.

Una vez superado el desconcierto inicial, la Bestia comenzaba a sentirse molesta ante el descaro de su interlocutor.

—Entiendo —replicó con irritación—. De modo que piensas que, si la gente evita el castillo, es por culpa de las malas hierbas.

—Y de las telarañas y de tus horribles modales —le recordó el zorro—. Pero sí, habría que hacer algo con esos matojos de la entrada. Algunos son urticantes, ¿lo sabías? Te sugiero que los sustituyas por algo más colorido y elegante. Rosales, tal vez. Quedan muy bien en cualquier tipo de jardín.

La Bestia resoplaba por lo bajo, tratando de contener su ira.

—No tengo tiempo para dedicarme a la jardinería —escupió entre dientes.

—Oh, al contrario, yo diría que tienes todo el tiempo del mundo. Pero comprendo que mantener este castillo tú solo debe de parecerte una tarea ingente. Sí, sin duda necesitas ayuda. —Movió la cabeza, pensativo—. Es lo que pasa cuando alguien con intenciones aviesas y más poder mágico del que merece transforma a todos tus sirvientes en estatuas de piedra.

La Bestia iba a replicar, airada, pero se detuvo ante las últimas palabras del intruso y lo contempló con mayor atención. A simple vista, no parecía otra cosa que un joven pelirrojo con la lengua demasiado larga y un sentido del peligro inexistente.

Pero, claro..., a simple vista, el dueño del castillo tampoco parecía otra cosa que una horrible bestia.

—¿Quién eres tú? —preguntó por segunda vez.

Esperaba que el visitante le devolviera una réplica insolente: «Ya te he dicho que me llamo Ren; ¿de verdad no eres duro de oído?», pero lo que hizo, en cambio, fue dirigirle una larga sonrisa y responder:

—Ah. Parece que ya empezamos a entendernos.

—Entonces ¿vas a contestar a mi pregunta? ¿Quién eres tú exactamente, y para qué buscas a la Bestia que habita este castillo?

—Responderé a todas estas cuestiones, mi querido amigo, pero no aquí. Dime, ¿no habrá por casualidad en esta mansión algún lugar más cómodo donde podamos sentarnos a conversar? Espero que no te ofenda que te lo comente, pero también es de mala educación hacer esperar a los invitados de pie en el pasillo.

—Tienes una idea un tanto distorsionada de lo que son los malos modales —refunfuñó la Bestia—. Te recuerdo que no eres exactamente un invitado, puesto que has entrado aquí sin pedir permiso.

—Oh, ¿yo he hecho eso? Mis disculpas, pues. Es que no encontré ninguna campanilla para llamar.

La Bestia respondió con un gruñido, pero guio al zorro a través de los lóbregos pasillos hacia el corazón de la prisión en la que se había transformado su hogar.

—Esto es muy… original —comentó Ren un rato después, mientras contemplaba perplejo el cubo de hojalata en el que la Bestia le había servido el té.

Pero su anfitrión se encogió de hombros.

—Dejé de usar la vajilla de porcelana en cuanto me di cuenta de que rompía varias piezas cada vez que intentaba servir la mesa —le explicó, alzando sus enormes zarpas a modo de justificación.

—Ya veo. Sí, es ciertamente inoportuno que todo el personal del castillo se haya convertido en piedra en estas circunstancias.

La Bestia no respondió.

Se habían sentado en sendos sillones junto a una chimenea en la que ardía un fuego cálido y acogedor. La Bestia lo había invitado a cenar, pero Ren había declinado, y su anfitrión no había insistido. Sin embargo, ahora, ante aquel extraño servicio de té, el zorro no podía evitar sentir curiosidad acerca de la clase de cena que podría llegar a preparar aquella criatura. Tal vez le ofreciera sopa en el interior de un yelmo. O quizá...

El vozarrón de la Bestia interrumpió sus reflexiones:

—Y ahora, ¿me vas a explicar quién eres? O, mejor dicho..., ¿qué eres... en realidad?

Ren siguió la dirección de su mirada hasta su propia cola, que batía el suelo mansamente tras él. En algún momento se había relajado lo suficiente como para volver a mostrarla. Suspiró para sus adentros. En fin, ya no valía la pena tratar de ocultarla de nuevo. Depositó el balde de té sobre la mesita, juntó los dedos y observó a la Bestia con una larga sonrisa.

—Esa, estimado amigo, es una muy buena pregunta —señaló—, y la respuesta es simple: soy lo contrario de lo que eres tú.

La criatura frunció su poblado entrecejo.

—No estoy de humor para acertijos.

—Lo comprendo. Me explicaré: tú eres humano, aunque no lo parezcas. Yo, en cambio, parezco humano, pero no lo soy.

No había terminado de pronunciar estas palabras y ya se había transformado, sin ningún tipo de ruido ni de efecto espectacular. La Bestia dio un respingo y parpadeó con desconcierto al contemplar al zorro que se había arrellanado cómodamente en su sillón. Miró a su alrededor, en busca del joven llamado Ren, pero no lo encontró.

—No soy humano —repitió el animal—, pero tampoco soy un zorro cualquiera. —La Bestia volvió a mirarlo, asumiendo poco a poco que era él quien había hablado—. Sin duda habrás oído historias sobre nosotros, los Ancestrales. Es cierto que últimamente no nos prodigamos tanto como antaño; supongo que llevamos tantos milenios interfiriendo en los asuntos de los humanos que ya nos aburren un poco. Compréndelo: cuando eres casi inmortal, resulta cada vez más difícil encontrar cosas que te llamen la atención.

—Entiendo —respondió la Bestia lentamente, sin apartar la mirada de Ren—. Sí, conozco a los Ancestrales de los cuentos: animales que hablan y tienen poderes más allá de nuestra comprensión. Presupongo que entre esos poderes se encuentra el de transformaros en humanos…

—Presupones bien.

—De acuerdo, pues vuelve a hacerlo. Se me hace extraño tener que conversar con un zorro.

—Dijo el hombre-bestia —apuntó Ren, un tanto molesto, pero recuperó su forma humana, aunque en esta ocasión no prescindió de la cola de zorro.

Su anfitrión inspiró hondo, sorprendido, cuando Ren obró la metamorfosis.

—Parece muy sencillo —observó con cierta envidia.

—Para mí, lo es. Sin embargo, los Ancestrales preferimos mantenernos en nuestra forma original. Como animales podemos hablar igualmente con los mortales, así que no es de extrañar que muchos nos confundan con humanos hechizados. Que también los hay.

—Ah —murmuró la Bestia, que empezaba a intuir por dónde iba el razonamiento del zorro—. Comprendo.

—El caso es —prosiguió Ren— que en los últimos tiempos se ha detectado una cantidad inusual de animales parlantes: ranas, osos, perros, corzos, cisnes y hasta erizos. Casi ninguno de ellos era un Ancestral. En la mayoría de los casos se trataba de humanos encantados, y el contrahechizo para todos ellos era similar: una prueba de amor por parte de alguien que los apreciase de verdad, que fuera capaz de reconocerlos como humanos e incluso de quererlos a pesar de su transformación.

La Bestia se estremeció visiblemente, pero no dijo nada.

—Se trata de una magia increíblemente poderosa, y por eso sospeché que pudiera tener un origen Ancestral. He ido rastreando todos estos casos en busca de la fuente… y aquí estoy.

—La fuente —repitió la Bestia en un murmullo apagado.

Ren asintió.

—Antes de toparme contigo estaba convencido de que había llegado a la guarida del culpable, probablemente un Ancestral con poco aprecio por la humanidad. Pero ahora veo que me equivocaba. Tú no eres la criatura que se dedica a transformar a la gente en animales, ¿verdad? Eres su primera víctima. Tú fuiste humano una vez, hace mucho tiempo.

—Lo fui —confirmó el monstruo a media voz—. Quizá te cueste creerlo ahora, pero yo era un joven príncipe valiente, gentil y muy apuesto, si me permites decirlo. Estaba enamorado e iba a casarme con la doncella más dulce y hermosa de todos los reinos. Pero entonces una horrible bruja, celosa de mi felicidad y buena fortuna, me lanzó una maldición: me transformó en una repugnante bestia y petrificó a todos los que conocían mi verdadero aspecto, para que no pudiesen contárselo a nadie. Y me dijo que también convertiría en piedra a cualquier persona a quien yo mismo revelase mi auténtica naturaleza.

—Oh —murmuró Ren, palpándose el rostro con cierta alarma. Pero seguía siendo de carne y hueso.

La Bestia lo contempló con cierta desgana.

—Lo has descubierto tú solo, no te lo he contado yo —le recordó—. Es así como funciona. La única forma de romper la maldición es que alguien se enamore de mí a pesar de mi aspecto, sin tener conocimiento de mi verdadera identidad. Como puedes imaginar, es imposible que tal cosa llegue a suceder nunca, y eso significa que seré una bestia para siempre.

—Hum… —murmuró Ren pensativo—. Nunca se sabe. Yo en tu lugar no perdería tan pronto la esperanza, amigo mío. Cosas más raras se han visto.

La Bestia bufó y sacudió la cabeza con escepticismo.

—Luego volveremos a ello —prometió el zorro—, pero por el momento me gustaría que me contaras más cosas sobre esa bruja que te hechizó.

La criatura se removió en su asiento, incómoda, y se encogió de hombros.

—No hay mucho que contar. Era una bruja, me hechizó, y hasta hoy nadie ha sido capaz de romper la maldición. No veo por qué debería interesarte ella, cuando es obvio que el problema lo tengo yo.

Ren se echó hacia delante sobre su sillón y miró a la Bestia con fijeza.

—Me interesa, amigo mío, porque conozco a las brujas. A lo largo de mi vida me he topado con muchas de ellas y, créeme, la mayoría no pasaban de envenenar a la gente con brebajes de plantas tóxicas. Pero lo que hay en este castillo es algo muy diferente. Es magia sorprendentemente poderosa. Ninguna de las brujas que conozco sería capaz de realizar un conjuro como este, y mucho menos de mantenerlo activo durante tanto tiempo. —Sacudió la cabeza con perplejidad y cierta admiración—. Y aún le sobran energías para ir por ahí transformando a la gente en ranas.

La Bestia no dijo nada. El zorro prosiguió:

—Por otro lado, me llama la atención el hecho de que se ensañara tanto contigo. No se limitó a transformarte: también hechizó a todos tus allegados y te mantuvo vivo y consciente durante años en este castillo. Llevas tanto tiempo convertido en bestia que a estas alturas ya deberías comportarte como tal.

—¿Qué quieres decir? —inquirió la criatura con inquietud.

—Bueno, he observado que las personas a las que transforma en animales acaban por olvidar que fueron humanas alguna vez. Pero tú sigues lúcido —añadió, mirándolo con suspicacia—. Me pregunto por qué.

—No comprendo…

—Sí lo comprendes. Fue algo personal, ¿verdad? ¿Qué le hiciste a la bruja? ¿Qué clase de agravio llevaría a una criatura tan poderosa a tomarse tantas molestias por un simple humano?

La Bestia resopló.

—Estaba celosa, ya te lo he dicho.

—¿De un humano?

—De un humano extraordinario —corrigió él con cierta petulancia—. Se enamoró de mí, pero yo la rechacé y ella no pudo soportarlo.

El zorro sacudió la cabeza, incrédulo.

—¿Y cómo llegó a conocerte hasta ese punto? ¿Qué llevaría a un joven príncipe a relacionarse tan estrechamente con una poderosa bruja?

La Bestia bufó de nuevo, pero no dijo nada. Ren suspiró y se levantó de un salto.

—Bien, ha sido una velada muy agradable. Gracias por el té y por la conversación. Y ahora, si me disculpas...

—¿Te marchas ya? —preguntó el anfitrión muy alarmado.

—Si no tienes nada más que contarme, sí, me temo que tendré que buscar respuestas en otra parte.

—No, espera. —Tragó saliva e imploró—. Por favor, no te vayas. Hacía mucho tiempo que no hablaba con nadie.

—¿Me contarás lo que quiero saber?

—¿Me ayudarás tú a romper la maldición?

—Bueno, si lo que pretendes es seducirme para que me enamore de ti, debo decirte que no has empezado con buen pie —observó Ren con acidez—. Además…

La Bestia dio un respingo.

—¿Qué? ¡No me refería a eso! Dijiste que has visto casos más extraños, ¿no es cierto? Y que no debo perder la esperanza.

Ren se quedó mirándolo. Ya no se mostraba feroz, ni tampoco arrogante. Ahora, más que en ningún otro momento, le pareció exactamente lo que era: un muchacho humano perdido y desesperado.

—Está bien —suspiró, sentándose de nuevo—. Mira, mi magia no puede romper el hechizo que pesa sobre este lugar. Si quieres que tenga alguna posibilidad de ayudarte, primero necesito entender a qué clase de poder te enfrentas. ¿Has comprendido?

La Bestia asintió con energía. Sus ojos se llenaron de lágrimas de alivio.

—No puedo contarte mucho en realidad —empezó—. Sí, es cierto que conocía bien a la bruja. O eso pensaba. Resulta que ella tampoco era lo que decía ser.

Ren entornó los ojos.

—Explícate.

—Bien, yo era un niño cuando la vi por primera vez —rememoró la Bestia—. No me dijo que fuera una bruja, obviamente. Se presentó ante mí como mi hada madrina.

El zorro dio un respingo, pero no dijo nada. La

Bestia lo contempló unos instantes y, al ver que su interlocutor permanecía en silencio, continuó:

—Me prometió que me ayudaría a convertirme en un héroe. Que junto a ella alcanzaría fama y fortuna…

—… y la felicidad —murmuró Ren—. ¿Dijo eso?

—No lo recuerdo. Puede que lo dijera, sí. ¿Cómo lo sabes?

—Porque es lo que buscan las hadas madrinas: la felicidad de sus ahijados. Pero no veo por qué razón un joven y apuesto príncipe podría necesitar una ración extra de fama, fortuna y felicidad.

La Bestia titubeó.

—Yo…, bueno, no siempre fui un príncipe. Nací en una familia humilde y quedé huérfano muy pronto, así que partí en busca de fortuna.

—Y corriste grandes aventuras, pero con la ayuda de tu hada madrina sorteaste todos los peligros, derrotaste a todos tus enemigos y liberaste el reino del que hoy eres príncipe heredero… o lo serías, de no haber sido encantado por la misma criatura que te sacó de la miseria y te otorgó fama, fortuna y felicidad.

—Fui yo quien consiguió todo eso —puntualizó la Bestia—. Ella me ayudó un poco.

—Naturalmente —concedió Ren con una media sonrisa—. Es lo que suelen hacer las hadas madrinas. Las de verdad, quiero decir. ¿Estás seguro de que la tuya era en realidad una bruja?

—Las hadas madrinas no convierten a sus ahijados en monstruos.

—No, eso es cierto. Pero, en ese caso, ¿por qué se molestaría en ayudarte a triunfar?

—Porque estaba enamorada de mí, ya te lo he dicho. Y no soportó la idea de que yo fuera a casarme con otra mujer. Es una criatura malvada y retorcida.

Ren no contestó. Parecía inmerso en profundas reflexiones, y la Bestia aguardó unos minutos antes de llamar de nuevo su atención.

—Ya te he contado lo que querías saber. Ahora dime cómo librarme de esta maldición…, por favor —añadió ante la mirada de reproche del zorro.

—Como ya te he dicho, la magia de tu bruja es muy poderosa —respondió—. La de las hadas madrinas lo es también, pero no hasta este punto. No más que la de los Ancestrales, en todo caso. —Se acarició la barbilla, pensativo—. Sigo sin saber qué clase de criatura te encantó, pero tengo algunas ideas al respecto. Sin embargo, y mientras no haya otra manera de deshacer el hechizo, habrá que seguir sus normas.

—¿Qué quieres decir?

—Que tendrás que conseguir que alguna joven especialmente lúcida se enamore de ti, mi estimado amigo.

La Bestia gruñó, enseñando todos los dientes.

—¿Y eso es todo? ¿Me estás diciendo que tú, oh, gran Ancestral, no puedes hacer nada más por mí? ¡No te creo!

El zorro no se inmutó ante la ira del monstruo.

—Bueno, quizá no puedas conseguirlo sin ayuda —admitió—. Pero me temo que el plan que pensaba sugerirte no será de tu agrado.

—¿Y bien? ¿Qué clase de plan es ese?

—Iba a decirte que necesitas un hada madrina.

La Bestia bramó y se levantó de su asiento con violencia.

—¡¿Acaso estás tratando de burlarte de mí?!

—Ni por asomo —respondió el zorro, y en esta ocasión hablaba completamente en serio—. Un hada madrina, una de verdad, utilizaría su poder para adecentar este castillo; para que no parezca el cubil de un monstruo aterrador, sino la mágica morada de un ser encantado. Jardines fragantes, lujosas estancias, exóticos banquetes…; todo ello para cautivar los sentidos de cualquier posible visitante. Te ayudaría a pulir tus modales y te brindaría sus valiosos y sabios consejos para que cualquier muchacha que se aventure hasta aquí no piense de ti lo que cualquiera pensaría en la actualidad…

—Que soy un monstruo —completó la Bestia maquinalmente.

—No. Lo que queremos que piense de ti es lo siguiente: «Si no vive como un monstruo, no piensa como un monstruo ni se comporta como un monstruo…, tal vez no sea un monstruo en realidad».

Una chispa se encendió en el fondo de la mirada de la Bestia.

—Y así es como le dices al mundo que las cosas no son siempre lo que parecen —concluyó el Ancestral—. Que hay humanos que parecen monstruos, y monstruos que parecen humanos; hadas que parecen brujas..., y brujas que parecen hadas —añadió, casi para sí mismo; alzó la cabeza y clavó en la Bestia una mirada tan intensa que la criatura se vio obligada a apartar la vista—. Y tú, ¿estás dispuesto a demostrar que no eres un monstruo por dentro? ¿O vas a seguir fingiendo que lo eres?

No hablaron mucho más después de aquello. El zorro le prometió que le enviaría un hada madrina; una de verdad, y mucho más competente que aquella que lo había encantado. La Bestia lo invitó a pasar la noche en su castillo, pero, de nuevo, Ren rechazó su oferta y anunció que quería partir de inmediato. Su anfitrión lo acompañó, por tanto, hasta la entrada.

Antes de marcharse, el zorro se volvió de pronto hacia él, como si se hubiese acordado de algo importante.

—Oye, Bestia, ¿puedo hacerte una última pregunta?

—Adelante —respondió él con gesto cansado.

—¿Qué fue de tu prometida? Ya sabes, «la doncella más dulce y hermosa de todos los reinos». ¿La petrificó la bruja a ella también?

El monstruo suspiró con pesar y negó con la cabeza.

—No. Cuando la bruja me hechizó, acudí a ella para que rompiera la maldición. Pero no le gustó mi nuevo aspecto. En fin, no es una historia agradable de contar. Me rechazó, rompió nuestro compromiso y al final se casó con otro. Colorín, colorado.

—Vaya —murmuró Ren—. Lo siento mucho.

—No lo sientas. Es una de las pocas cosas buenas que trajo consigo la maldición: evitó que me casara con una mujer que no me amaba en realidad.

—Oh. Entiendo.

Y no lo dijo por decir. Con aquella última frase, de hecho, la Bestia le había ofrecido sin saberlo la pieza que faltaba en aquel enigma.

Magnolia percibió la presencia del zorro en su castillo desde el momento en que sus peludas patas traspasaron el umbral. Barajó la idea de expulsarlo de allí, pero lo pensó mejor. Probablemente sus nuevos poderes le permitirían enfrentarse a un Ancestral y salir victoriosa, una hazaña que tiempo atrás no se habría atrevido a imaginar siquiera; no obstante, tal vez fuera mejor no arriesgarse, pues, si bien su magia podía compararse ahora a la del zorro, Magnolia era consciente de que no podía superarlo en sabiduría y astucia.

Por otra parte, sentía curiosidad por saber qué buscaba allí el Ancestral. Tenía algunas sospechas al respecto, pero no estaría de más confirmarlas.

Por esta razón permitió que el zorro recorriera su castillo sin interferir. No dudaba de que su colección de espejos mágicos le llamaría particularmente la atención, pero ya qué importaba. Los Ancestrales carecían de la avaricia de los humanos y no eran proclives a acumular objetos después de todo.

Lo esperó en una de las salas principales, junto al ventanal. El zorro se hizo de rogar —sin duda se estaba tomando su tiempo para explorar todas las estancias del castillo—, pero por fin apareció. Mantenía su forma animal, pues los disfraces resultaban inútiles ante los seres sobrenaturales. Se detuvo en la entrada y le dirigió a Magnolia una mirada evaluadora. Ella sabía que ya había llegado a la única conclusión posible.

Se trataba de una bella muchacha de ojos dorados y cabello rojo como el fuego. Vestía de forma sencilla pero elegante, y la capa que caía por su espalda, liviana y etérea como una cortina de lluvia, le otorgaba un deslumbrante toque de distinción.

—Cuánto tiempo sin verte, Ren —murmuró con una breve sonrisa—. Veo que conservas esa irritante costumbre tuya de entrar sin llamar en hogares ajenos.

—Tal vez deberías instalar algún tipo de campanilla junto a la puerta, Magnolia —respondió él sacudiendo la cabeza—. Así los visitantes podrían hacer notar su presencia, si fuera necesario. Pero no lo es en realidad, ¿no es cierto?

Ella sonrió de nuevo.

—No, pero siempre resulta conveniente mantener unas mínimas normas de cortesía, ¿no te parece?

—Te pido disculpas, pues; espero que comprendas, de todos modos, que no estaba seguro de qué iba a encontrar aquí… o a quién.

Ella alzó una ceja.

—No me digas… ¿Tanto he cambiado desde la última vez que nos vimos?

De pronto, el manto que cubría su espalda se irguió en todo su esplendor, revelándose como lo que era en realidad: un par de alas transparentes que brillaban con la delicadeza de las telarañas cubiertas de rocío a la luz del alba.

Ren no se mostró impresionado.

—No has cambiado nada, Magnolia —decretó—. En apariencia. Pero uno no debe creer siempre en lo que ve. Si fuera así, podría pensarse que no tienes más de quince o dieciséis años, ¿no es verdad? Pero hace más de dos siglos que nos conocemos y, si la memoria no me falla, siempre has tenido el mismo aspecto.

Ella se encogió de hombros.

—Soy un hada inmortal, al fin y al cabo —respondió con cierta coquetería.

—Naturalmente. Pero existen varias capas de realidad, como bien sabes. Pareces un hada con aspecto de muchacha, pero ¿lo eres de verdad?

Magnolia frunció levemente el ceño.

—¿Qué quieres decir?

Ren se sentó sobre sus cuartos traseros y recogió su cola en torno a ellos.

—Hay algo distinto en ti. Algo que no puede apreciarse a simple vista. Una magia muy antigua, oscura y poderosa que anida en tu interior, y que no estaba ahí la última vez que nos vimos. Dime, ¿qué has estado haciendo en las últimas décadas? ¿Es posible que tu aspecto de hada oculte en realidad… el corazón de una bruja?

Magnolia titubeó por primera vez.

—¿Es así como me llaman ahora? —preguntó.

—Es así como suelen llamar a las criaturas de sexo femenino que se dedican a transformar a las personas en animales… o incluso en monstruos.

Ella le dio la espalda para mirar por el ventanal con fingida indiferencia.

—Ah, ya veo. Tú también has visitado a la Bestia.

Ahora le tocó a Ren sorprenderse.

—¿También?

—Camelia vino a verme hace unos días para hablarme de ese pobre bobo. Lleva años encerrado en su castillo, lamentándose de su desgracia, pero las hadas madrinas no han descubierto su existencia hasta ahora. Debí imaginar que tú andabas detrás de esto.

—Estuve en el castillo de la Bestia, sí —respondió el zorro, más animado—. Y observé que necesitaba con urgencia un hada madrina. Una competente, que lo ayudara a poner en orden sus asuntos y lo guiara en la dirección adecuada.

—Camelia es sin duda la mejor opción —opinó Magnolia en tono neutro.

—Sin duda —convino Ren—. Y ambos sabemos que hará un buen trabajo. No obstante, la Bestia no opinaba igual. Me costó convencerlo para que aceptara, ¿y sabes por qué? Porque, según me explicó, ya contó con la ayuda de un hada madrina en el pasado.

Magnolia no dijo nada. Ren prosiguió:

—Según su versión, lo ayudó a alcanzar fama, fortuna y felicidad, y después de todo eso, tras alguna clase de malentendido…, lo hechizó para transformarlo en la horrible Bestia que ya conocemos.

—No des tantos rodeos, zorro. Yo fui el hada madrina de la Bestia y lo convertí en lo que es ahora. Pero supongo que eso ya lo sabías, o de lo contrario no habrías venido a visitarme.

Ren batió la cola y frunció el ceño con cierto desconcierto.

—No esperaba que lo admitieras con tanta facilidad.

—¿Por qué no habría de hacerlo? Y de todos modos… ¿qué sentido tendría negarlo? No creo que sospecharas de nadie más.

—Bueno, la cólera de Dalia es ya legendaria —apuntó el zorro—, pero nunca castiga a nadie que no lo merezca. Y me pareció que quizá la Bestia podría haberse mostrado demasiado arrogante en algún momento, cuando era, ya sabes, «un joven príncipe valiente, gentil y muy apuesto» —recitó, imitando la voz del monstruo.

Magnolia seguía dándole la espalda, pero Ren casi pudo entrever su sonrisa.

—Pero no fue ella, obviamente —prosiguió el zorro—. Pensé también en Lila, porque tiene cierta tendencia a meter la pata…, pero lo de la Bestia no fue un error, sino una venganza cruel y retorcida.

—Sí —murmuró Magnolia, y por un momento a Ren le pareció que hablaba desde el interior de un sueño—, eso fue, sin duda.

—Orquídea nunca se arriesgaría a hacer cosas de brujas —siguió enumerando el Ancestral—, porque entonces dejarían de invitarla a las fiestas de los mortales. En cuanto a…

—No hace falta que sigas —cortó ella—. Ya he dicho que fui yo. ¿Por qué insistes?

—Porque hay dos cosas que aún no comprendo, Magnolia. Ya he descubierto quién…, pero me falta saber cómo y por qué.

Ella se encogió de hombros.

—El cómo me lo reservaré para mí, si no te importa. Con respecto al porqué..., dime, ¿qué te contó la Bestia?

—Que te enamoraste de él y lo hechizaste por celos. —Ren sacudió la cabeza, perplejo. Pero ella se volvió para mirarlo con una sonrisa preñada de amargura.

—Pues ahí tienes tu respuesta, zorro.

—Esa no puede ser la verdadera razón.

—Eso mismo dijo Camelia cuando vino a verme. Creo que todavía piensa que hechicé a la Bestia por error. —Puso los ojos en blanco con evidente irritación—. Como si todas fuésemos tan torpes como Lila.

—No dudo que hechizaste a la Bestia a propósito y no por error. Pero me cuesta creer que lo hicieras por celos.

—Bueno, ya sabes, las hadas somos criaturas volubles y caprichosas.

Ren no respondió. Se quedó mirándola con fijeza, esperando. Pero ella no añadió más.

—¿Es todo lo que tienes que decir?

—No se me ocurre nada más, la verdad.

—¿No te importa que el mundo crea que eres una bruja?

—¿Y por qué no?

—¿Qué hay de la Bestia? ¿Romperás su hechizo?

—No podría, aunque quisiera, zorro. Así que no voy a molestarme en intentarlo.

—¿Y qué pasa con los demás? ¿Con todos los humanos a los que has transformado en animales?

—Es un simple pasatiempo. Después de todo, la eternidad termina siendo muy aburrida a la larga. Tú ya me entiendes.

El zorro resopló.

—Soy diez veces más viejo que tú, pero nunca me he dedicado a hechizar a los mortales por diversión.

—Será que yo soy diez veces más impaciente que tú. Y ya que hablamos del tema, debo señalar que tu palabrería empieza a irritarme. Así que ve al grano, Ren, y aclara ya de una vez si tienes intención de luchar contra mí o te vas a limitar a soltarme un sermón.

—¿Luchar contra ti? —El Ancestral dio unos pasos atrás y la miró con mayor atención—. ¿Ya das por sentado que somos enemigos?

—Obviamente, no has venido hasta aquí para aplaudir mis nuevos entretenimientos.

Ren entornó los ojos y retrocedió un poco más sin quitarle la vista de encima. Magnolia no parecía agresiva, sino más bien desganada, como si no le importase en el fondo la posibilidad de que el Ancestral decidiese enfrentarse a ella al fin. Pero no debía confiarse. Aquel poder desconocido que latía en el interior del hada, o bruja, o lo que fuese la criatura en la que Magnolia se había convertido, lo invitaba a actuar con prudencia.

Sacudió la cabeza.

—Hoy no, Magnolia —dijo por fin—. Pero volveremos a encontrarnos algún día.

—Sin duda —convino ella, con un acento divertido en su voz—. Dentro de un siglo, o tal vez dos.

«Espero no tardar tanto en descubrir qué está pasando exactamente», se dijo el zorro.

Dio media vuelta y salió de la estancia. Tras él, Magnolia no hizo el menor movimiento.

Mientras recorría las galerías del castillo, no dejaba de preguntarse sobre los orígenes del nuevo poder de Magnolia. Las hadas madrinas eran capaces de obrar grandes prodigios, pero lo que ella estaba haciendo excedía las capacidades de cualquier hada que Ren hubiese conocido. Intuía, por otro lado, que aquella magia tenía raíces mucho más profundas, tal vez más antiguas que los mismos Ancestrales.

—Intrigado, ¿verdad? —graznó una voz por encima de él.

Ren dio un respingo, sobresaltado, y alzó la cabeza. Desde el alfeizar de un ventanal abierto, un cuervo lo observaba con unos ojos amarillos brillantes como faroles en la noche.

El zorro se reprendió a sí mismo por haber bajado la guardia y contempló al ave con cautela. Lo identificó como Ancestral y se preguntó si estaría aliado con Magnolia. Los cuervos eran notablemente inteligentes para tratarse de pájaros, pero algunos, por alguna razón que a Ren se le escapaba, tendían a sentirse atraídos por personajes de intenciones turbias.

—Quieres saber cómo y por qué se ha producido la transformación del hada, ¿no es cierto? —dijo el cuervo.

—Admito que siento curiosidad —respondió el zorro—. ¿Vas a contármelo tú?

El cuervo abrió el pico y ladeó la cabeza, como si se estuviese riendo de él.

—Tiene que ver con la Bestia —le confió—. Fue por algo que sucedió hace tiempo entre los dos, pero ni él ni ella revelarán los detalles jamás.

—¡Ajá! De modo que mienten cuando cuentan su versión de la historia. Ya lo sospechaba. ¿Y qué sucedió en realidad, pues?

—¿Cómo voy a saberlo? Tampoco me lo han contado a mí.

Ren entornó los ojos.

—Entiendo. Gracias de todos modos, amigo. Ahora, si me disculpas…

—Pero hay una forma —graznó el cuervo, atrapando de nuevo la atención del zorro—. Si sigues por este pasillo y luego tuerces a la derecha y atraviesas la segunda puerta a tu izquierda…, llegarás a una habitación en la que el hada guarda un espejo singular.

—Colecciona espejos singulares, por lo que he podido comprobar.

—Oh, sí, tiene muchos, de grandes y variados poderes. Pero este es el que buscas: te mostrará todo lo que quieras saber. Incluso aquellos secretos que no han sido revelados jamás.

El zorro inclinó la cabeza, pensativo.

—Me cuesta creer que exista un objeto con un poder semejante.

—Tiene su contrapartida, por supuesto…

—Por supuesto. No podía ser de otra manera.

—Te desvelará la respuesta a cualquier enigma —prosiguió el cuervo, ignorando la interrupción—, pero tú jamás podrás compartirlo con nadie.

Ren sonrió.

—Bueno. No me parece una contrapartida tan terrible. ¿Qué me sucederá si lo hago?

El cuervo abrió más el pico. Sus ojos chispearon, y en esta ocasión el zorro tuvo la certeza de que se estaba riendo de él.

—No lo entiendes, vulpino. No es una decisión que puedas tomar. El espejo te da el conocimiento, pero tú no puedes compartirlo con nadie. No hay opción.

—Seguro que no —murmuró Ren, sin embargo, estaba convencido de que la había. Siempre existía más de una opción, porque para él todos los caminos eran en realidad encrucijadas—. Gracias por la charla, amigo córvido. Y por compartir la información —añadió con un guiño pícaro.

El cuervo giró la cabeza para mirarlo desde el otro lado.

—Estás advertido —dijo solamente, antes de alzar el vuelo y perderse de vista.

Ren no se dejó intimidar por las palabras del ave. Había decidido que no saldría del castillo de Magnolia sin echar un vistazo a aquel espejo que contenía la respuesta a todas las preguntas.

Estaba colgado de la pared, de modo que tuvo que transformarse de nuevo en humano para llegar a su altura. Lo contempló unos instantes, pensativo. A simple vista no parecía nada extraordinario, pero podía percibir su inmenso poder. «Es lo que suele suceder con las personas y con los objetos más asombrosos —se dijo—. Nunca lo parecen a simple vista.»

Inspiró hondo y preguntó al espejo en silencio qué había sucedido entre Magnolia y la Bestia. Pero no se limitó a formular una única cuestión, como solían hacer los mortales cuando se enfrentaban a artefactos similares, sino que permitió también que todas sus dudas al respecto afloraran al nivel más superficial de su conciencia: ¿de dónde procedía el nuevo poder de Magnolia? ¿Cómo lo había obtenido? ¿Por qué había cambiado tanto su actitud hacia los humanos?

Lenta, muy lentamente, la imagen que reflejaba el espejo se fue difuminando hasta desaparecer por completo. Ren aguardó, inmóvil como una estatua, con la paciencia de quien ha vivido cientos de años y sabe que aún le aguardan otros tantos más. Entonces, poco a poco, la niebla que se arremolinaba en las profundidades del espejo se fue aclarando. Prestó atención a la historia que se desarrollaba ante sus ojos.

El espejo le mostró imágenes de Magnolia y un muchacho humano que debía de ser la Bestia antes de su metamorfosis. El tiempo no parecía haber pasado por el hada, pero Ren detectó un cambio sutil en su mirada: sí, allí estaba la ilusión de las hadas madrinas, el motivo por el cual dedicaban sus vidas a los mortales: porque estaban convencidas de que su magia podía ayudar a crear un mundo mejor para todos. Era el brillo que otras hadas aún conservaban, pero que se había desvanecido en los ojos dorados de la nueva Magnolia. Siguió observando, aguardando el momento en que se había producido aquella sutil transformación.

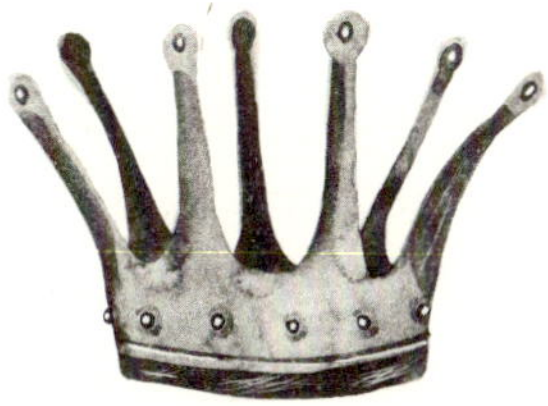

Todo sucedió ante sus ojos tal y como ellos le habían contado: un chico de origen humilde, un hada madrina, un viaje en busca de aventuras, peligros superados, monstruos vencidos. Contempló por fin cómo el joven héroe derrotaba a un gigante que causaba estragos en un reino cuya soberana había enviudado convenientemente sin hijos y que había anunciado, por tanto, que aquel que matase al monstruo heredaría la Corona.

Después apareció ella: «La doncella más dulce y hermosa de todos los reinos». El nuevo príncipe heredero la cortejó, ella respondió positivamente, su padre decidió que él era un buen partido y dio su permiso para el enlace. Todo parecía ir bien.

Por lo general, este era el momento en que las hadas madrinas, cumplida ya su misión, se retiraban discretamente de la vida de sus ahijados. Ren estudió con atención las reacciones de Magnolia. Había notado que sentía un cariño especial hacia su ahijado, pero no le parecía ni mucho menos una pasión destructora. Tampoco manifestaba ninguna animadversión hacia la joven princesa que iba a casarse con él.

Y entonces, la víspera de la boda, el príncipe llamó a su hada madrina, muy angustiado.

Magnolia apareció ante él, radiante como de costumbre, y le sonrió. Pero el muchacho le dirigió una mirada cargada de sufrimiento.

—¿Qué sucede? —preguntó el hada, inquieta—. ¿Ha ocurrido algo?

Él sacudió la cabeza.

—¿Se trata de Casilda? —preguntó ella, cada vez más alarmada—. ¿Se encuentra bien?

—Sí, pero…

—¿Ha cambiado de idea? ¿Ya no quiere casarse?

—Sí quiere casarse…, o al menos eso dice.

Magnolia suspiró.

—¿Aún tienes dudas acerca de sus verdaderos sentimientos? Esto ya lo hemos hablado: si no te quisiera de verdad, no habría aceptado casarse contigo.

—Eso no es cierto. Podría casarse conmigo por muchos otros motivos. Porque soy un príncipe heredero, por ejemplo.

—Ella también es princesa.

—Pero mi reino es mucho más grande e importante que el suyo. Además, yo soy apuesto y valiente. Un gran héroe. Un buen partido.

—Ah, ya veo —murmuró el hada con una media sonrisa—. Y entonces ¿cuál es el problema?

El joven se miró las manos, desolado.

—¿Me querría igual si me hubiese conocido hace unos años, cuando era un pobre aldeano muerto de hambre?

—Es poco probable que vuestros caminos se hubiesen cruzado entonces, así que considérate afortunado porque os hayáis conocido justo ahora.

Pero él seguía sacudiendo la cabeza.

—No, no, no. Si nos hubiésemos conocido entonces y ella hubiese aceptado casarse conmigo, habría sabido que se trata de amor verdadero. Pero ahora no soy más que un matrimonio conveniente, hada madrina. ¿No lo entiendes?

Ella se quedó mirándolo, atónita.

—¿Me estás diciendo que te arrepientes de todo lo que hemos hecho? ¿Que habrías preferido quedarte en tu aldea, no ser un héroe ni heredar un reino? Porque podemos deshacerlo, si así lo deseas —añadió, alzando la varita.

Parecía muy molesta, pero su ahijado no dudó que podía devolverlo a su miserable condición original a pesar de todo.

—No —la detuvo—. He estado pensando en ello. Si yo no fuese príncipe y ella se enamorara de mí igualmente, su padre no le permitiría casarse conmigo.

—En efecto, eso sería un problema —reconoció ella, bajando de nuevo la varita.

—Así que debo mantener mi posición —prosiguió

él—. Pero también he pensado en todo lo que he hecho para llegar hasta aquí. Los bandidos, la bruja del bosque, el monstruo del lago, el gigante… —enumeró—. He luchado mucho para ser digno de llegar a pedir su mano. En cambio, ella no ha hecho nada.

Magnolia entornó los ojos.

—¿Qué quieres decir? Te ha dicho que te ama. Ha aceptado casarse contigo.

—Eso también lo he hecho yo. Y muchas cosas más.

—¿Estás insinuando que Casilda también debería superar alguna especie de prueba? ¿Como convertir la paja en oro, pasar un año entero sin pronunciar palabra o algo así?

—No exactamente. Pero, según la tradición, los héroes debemos salvar a las doncellas de monstruos y encantamientos para probar nuestro valor y nuestro amor hacia ellas. ¿Y si ella me salvase a mí por una vez?

—¿De un encantamiento, quieres decir?

—¡Sí! —El joven se mostraba cada vez más entusiasmado ante su idea—. Imagínate que yo estuviese bajo un terrible hechizo…, uno que solo pudiese romper alguien que me amase de verdad.

El hada comenzaba a asustarse.

—¿Qué clase de hechizo?

—Uno que me transformase hasta el punto de que dejase de ser «un buen partido», pero con matices. No puedo dejar de ser un príncipe heredero, entiéndeme;

tengo que pensar en mi futuro. Pero, si me transformases en alguien distinto…, alguien de quien ella pudiera avergonzarse, sabría si me ama de verdad o si solo me acepta porque le resulto conveniente para su posición social.

Magnolia sacudía la cabeza, perpleja.

—¿En serio pretendes que te hechice? ¿Yo?

—¿Y quién si no? Eres mi hada madrina.

—Sí, y mi misión consiste en ayudarte a conseguir fama, fortuna y felicidad. ¿De verdad pretendes que sabotee todo el trabajo que he hecho hasta ahora?

—¿Por qué no? Si ella me ama, el hechizo se romperá sin problemas. Si no me ama, me habrás salvado de vivir una mentira el resto de mi vida…

Ella suspiró.

—Mira, sé que te avergüenzas de tus orígenes humildes…

—¡Yo no me avergüenzo!

—Entonces ¿por qué le has contado a todo el mundo que eres hijo de un rey de tierras lejanas? —El muchacho no respondió—. Puedo entender tu miedo al rechazo, pero someter a tu prometida a una prueba como esa el día antes de la boda…

—Está bien. —El príncipe le dirigió una fría mirada—. Si tú no vas a hechizarme, encontraré a alguien que lo haga.

El hada lo contempló con angustia.

—No puedes estar hablando en serio.

—¿Te parece que me tomaría a broma mi felicidad y mi futuro junto al amor de mi vida?

—Si tanto la amas, ¿por qué no confías en ella?

Pero él bufó y sacudió la cabeza.

—Ya veo que me equivoqué contigo —observó—. Siento haberte hecho perder el tiempo, madrina. Iré a ver al diablo que habita en el pantano del sur. Quizá él sí quiera ayudarme.

—Te pedirá tu alma a cambio del hechizo.

—Correré el riesgo, ya que tú prefieres mantenerte al margen.

—¿Qué dices? Mira, yo… ni siquiera estoy segura de poder llevar a cabo un encantamiento como el que me pides.

—No te creo. Te conozco y sé que posees grandes poderes.

—Podría hechizarte, sí, pero sería solo una ilusión. Y yo no sería capaz de condicionar la duración del hechizo a los sentimientos de otra persona. A gestos y acciones, tal vez: volverías a ser tú si alguien te besara, por ejemplo, pero…

—No, no —cortó él—. Un beso lo puede dar cualquiera. Tiene que ser una prueba de amor verdadero.

Magnolia dejó caer las alas, abatida.

—Me temo que algo así está muy por encima de mis capacidades.

—Entonces no me dejas otra opción que ir a ver al diablo…

—No, espera —lo detuvo ella. Inspiró hondo antes de proseguir—. Hay determinadas acciones… que requieren el uso de un poder excepcional. Se puede hacer, pero siempre hay que dar algo a cambio.

—Muy bien. ¿De qué se trata? ¿Dinero, joyas…?

Ella negó con la cabeza.

—Los objetos materiales no sirven para comprar una magia tan poderosa. Tiene que ser algo mucho más valioso, equivalente al poder que necesitas emplear.

—Nunca había oído que la magia se comprara. Se tiene o no se tiene. A veces se puede aprender, ¿no es así?

—Pero habrás oído contar historias antiguas sobre tratos entre seres humanos y criaturas sobrenaturales. El humano obtiene grandes poderes… siempre a cambio de algo.

El príncipe asintió lentamente.

—Creo que sé de qué hablas.

—Estos pactos invocan leyes mucho más antiguas que tú y que yo. Y también más poderosas. Por esta razón hace mucho tiempo que nadie recurre a ellos. No solo por el precio que hay que pagar, sino también porque te cambian radicalmente, de un modo que no puedes controlar. Y tal vez para siempre.

—Yo no quiero cambiar hasta ese punto —se apresuró a aclarar el joven.

—Entonces tendré que cambiar yo —declaró Magnolia tras un instante de silencio.

Alzó el rostro hacia su ahijado, tan seria de pronto que por primera vez él detectó en sus ojos la huella de las más de doscientas primaveras que habían contemplado.

—Aún estás a tiempo de cambiar de idea —le advirtió el hada—. Olvida esta locura, cásate mañana con Casilda y sé feliz.

—No puedo —respondió él—. Si no hago la prueba, me quedaré con la duda, ¿comprendes? Pasaré el resto de mi vida preguntándome si ella me ama de verdad…

—Ese es el problema —cortó Magnolia—: si necesitas someterla a prueba, quizá no dudes solo de sus sentimientos por ti, sino de los tuyos propios.

—No trates de enredarme, madrina. Vas a hechizarme, ¿sí o no?

—Los poderes que debo invocar no deben tomarse a la ligera. Las condiciones del encantamiento podrían ser cadenas que te aten para toda la eternidad y que nos condenen a los dos. Si Casilda no consigue romper el hechizo, se convertirá en una maldición.

—Si me ama, romperá el hechizo. Y si no me ama, todo lo demás me da igual.

—Eso es lo que dices ahora —respondió el hada con una cansada sonrisa—. Muy bien: cumpliré tu petición, si es lo que deseas de verdad. Solo espero que Casilda esté a la altura.

Al otro lado del espejo, Ren contempló, sobrecogido, cómo Magnolia invocaba poderes milenarios que llevaban mucho tiempo dormidos. Cómo su propia magia, alimentada por aquellas fuerzas antiguas, se volvía más y más poderosa y salvaje. Cómo la propia Magnolia perdía el control sobre ella y trataba de retenerla, horrorizada, mientras se abatía sobre su ahijado.

El zorro lo vio gritar de terror cuando la magia del hada lo envolvió y lo transformó en la Bestia que era ahora. Lo observó mientras se miraba al espejo y pronunciaba desesperado las palabras que se clavarían como dagas en el corazón de Magnolia y lo harían sangrar el resto de su vida:

—¿Qué me has hecho, bruja?

Ren movió la cabeza con tristeza.

—Un Pacto de la Vieja Sangre —murmuró—. Magnolia, Magnolia, ¿cómo pudiste?

Porque el hechizo resultó ser tremendamente eficaz. El castillo cayó bajo un poderoso encantamiento, de modo que todas las personas que conocían la verdad sobre el príncipe, que lo vieron aullar con desesperación durante sus primeros momentos como Bestia, se convirtieron en mudas estatuas de piedra. De este modo, nadie pudo advertir a Casilda sobre lo que iba a encontrar ante el altar la mañana de su boda.

Como era de esperar, no reconoció a su prometido bajo los rasgos de aquella espantosa Bestia. Chilló aterrorizada, y la criatura no tuvo más remedio que escapar corriendo cuando los invitados que no habían huido ante su presencia trataron de darle caza.

Finalmente, la Bestia, sumida en un profundo pozo de desesperación, se encerró en su castillo encantado e invocó a su hada madrina. Se postró a sus pies, suplicante, pero ella no fue capaz de devolverlo a su estado original.

—¿Qué voy a hacer ahora? —sollozó la Bestia.

—Me temo que no puedo ayudarte —respondió Magnolia con cierta indiferencia; había algo nuevo en su mirada, un brillo feroz y salvaje que delataba el nuevo poder que poseía ahora, y que pugnaba por ser desatado—. Tienes exactamente lo que pediste: una prueba de valor. A partir de ahora serás capaz de discernir por ti mismo si una mujer te ama de verdad. Cuando alguna manifieste algún tipo de sentimiento por ti, mírate al espejo y comprobarás si miente.

Pero la Bestia, intuyendo en sus palabras algún tipo de burla cruel, arrojó al suelo con violencia el espejo de mano que ella le ofrecía. Magnolia contempló los fragmentos rotos con una enigmática sonrisa en los labios.

—¡No te rías de mí! —aulló la Bestia—. ¡Tú, bruja, me has engañado!

Ella alzó una ceja.

—Oh, ¿de veras? Dime, ¿acaso alguna de mis advertencias ha resultado ser mentira, después de todo?

—Me dijiste que yo no cambiaría. Que ibas a cambiar tú.

—Y era cierto. Tú no has cambiado. Yo, sí.

La Bestia gruñó.

—Te burlas cruelmente de mí, bruja. Me has convertido en un horrible monstruo, pero tú sigues siendo joven y hermosa.

Magnolia suspiró.

—¿Ves?, ese es el problema. Si hubieses cambiado de verdad, serías capaz de ver más allá de las apariencias. Te muestras como un horrible monstruo, es cierto; pero por dentro sigues siendo un príncipe ególatra y orgulloso. Yo, por el contrario, nunca más seré un hada madrina, aunque lo parezca.

—En tal caso, hubiese preferido cambiar a tu manera.

—No lo creo, Bestia. Tú aún puedes aprender y madurar. Si lo consigues, tal vez un día llegue hasta aquí alguien que valore tu esfuerzo y te ame por lo que eres en realidad, y no por lo que aparentas…, tal y como deseabas.

La Bestia dejó escapar un resoplido escéptico.

—En cambio para mí ya no hay vuelta atrás —prosiguió ella—. Tengo un poder que no deseaba, y ya no puedo hacer otra cosa que seguir utilizándolo para la tarea para la que lo invoqué. Soy yo la que se ha transformado para siempre, Bestia. Lo tuyo, en cambio, puede ser transitorio. De ti depende que sean meses, años… o siglos.

La Bestia se arrojó sobre ella con furia, con la intención de hacerla pedazos entre sus nuevas y poderosas zarpas. Pero ella desapareció de allí, y su amarga carcajada reverberó por un instante antes de abandonar a su antiguo ahijado a su suerte en un castillo fantasma… quizá para toda la eternidad.

Ren se separó del espejo, mareado. Aquella historia era mucho más compleja de lo que había sospechado en un principio. Cierto, Magnolia era una bruja, y había sido corrompida por un poder que había reclamado para atender al deseo de su ahijado más querido.

Mientras recorría el castillo a toda prisa, aún aturdido, no podía dejar de pensar en lo que ello implicaba. ¿Hasta dónde debían llegar las hadas madrinas a la hora de acceder a las peticiones de sus protegidos? ¿Hasta qué punto eran poderosas las leyes de aquella magia antigua que permitía —a un alto precio, eso sí— urdir encantamientos tan complejos como el que aprisionaba a la Bestia? ¿Había alguna manera de liberar al príncipe de su maldición? ¿Existía la posibilidad de que Magnolia volviese a ser la de antes, o estaba condenada a seguir hechizando a los mortales? ¿Lo hacía por despecho o porque no era capaz de controlar aquel nuevo poder? ¿Tenía razón, y el suyo era un cambio verdaderamente irreversible?

Eran demasiadas preguntas, y Ren fue consciente de pronto de que no podría resolverlas solo. «He de consultarlo con las hadas, y también con otros Ancestrales», se dijo.

Recordó entonces la advertencia del cuervo: «Jamás podrás compartirlo con nadie», había dicho.

El zorro sacudió la cabeza con cierto escepticismo. Había consultado el espejo y este le había revelado lo que quería saber, sin consecuencias aparentes.

—No me he vuelto mudo de repente —dijo en voz alta, solo para comprobarlo.

«Pájaro alarmista», pensó con una sonrisa de suficiencia.

Visitaría primero a Camelia, dado que ella se iba a ocupar del caso de la Bestia. Sin duda ella debía estar al tanto de…

Se detuvo de pronto, desconcertado, justo cuando traspasaba el umbral del castillo. Había perdido el hilo de sus pensamientos.

Tenía que contarle algo a Camelia, recapituló. Sacudió la cabeza. No conseguía recordar de qué se trataba.

Se encogió de hombros: no debía de ser importante, concluyó.

Se volvió un momento para contemplar la fachada del castillo de Magnolia y chasqueó la lengua con disgusto. Aún no conseguía entender cómo era posible que un hada madrina hubiese traicionado a su ahijado de la manera en que lo había hecho, pero ya encontraría el modo de detenerla en el futuro, en cuanto lograse averiguar cuál era la fuente de su poder.

Se transformó de nuevo en zorro y se alejó de allí, batiendo la cola tras él.

En su memoria se había borrado todo rastro de la historia que había contemplado en el espejo, por lo que el cuervo no había estado tan desencaminado después de todo: jamás podría contársela a nadie, puesto que nunca volvería a recordarla.

Varios meses después, Ren encontró un hueco en su ocupada agenda para pasarse de nuevo por el castillo de la Bestia. Se detuvo ante la cancela y contempló apreciativamente los cambios que había experimentado el lugar desde que la varita de Camelia intervenía en los asuntos de su propietario. La fachada lucía limpia y sin manchas de musgo; el jardín, libre ahora de estatuas inquietantes y mantenido con un cuidado y un gusto exquisitos, no tenía nada que envidiar a los de los palacios más refinados.

Sin duda, aquel lugar sería capaz de atraer ahora la atención de cualquier jovencita avispada y lo bastante curiosa como para atreverse a traspasar sus puertas. Pero aquella parte era la más sencilla. Ahora, la Bestia debía aprender a comportarse con amabilidad y educación para no espantar a las posibles candidatas. Así, tal vez un día…

Ren sacudió la cabeza. Bueno, parecía difícil que alguien pudiese enamorarse de un monstruo peludo, gruñón y colmilludo como aquel. Pero el Ancestral había vivido mucho tiempo y había visto cosas mucho más extrañas, sin duda.

Introdujo una mano entre los barrotes de la verja para tomar entre sus dedos una rosa espléndida y fragante. Aspiró su aroma con satisfacción.

«Rosales —se dijo—. Quedan estupendamente en toda clase de jardines.»

Pero entonces dio un respingo, apartó la mano y se la contempló con sorpresa: una gota de sangre coloreaba la yema de su dedo anular. Observó la rosa con cierto reproche, pero no era culpa suya en realidad.

Después de todo, aquel jardín era obra de Camelia y, por alguna razón que a Ren se le escapaba, ella siempre tendía a exagerar un poco con las espinas.

ANABELLA Y LA BESTIA

BENITO TAIBO

ANABELLA Y LA BESTIA

BENITO TAIBO

I

—¡Fuerte, patalea fuerte! ¡Ahora los brazos! ¡Uno, dos, uno, dos, unodosunodos!

Y la niñita, seguía las instrucciones dadas a voz en cuello por su madre, que la miraba desde el otro lado de la pequeña laguna.

Pataleaba y movía frenéticamente los brazos para no hundirse en el agua turbia.

Tenía que aprender a nadar.

Por fuerza, aunque no sabía bien por qué.

Florinda la llevaba todas las tardes de la mano y la obligaba a cruzar cinco, seis, siete veces ese trecho de seis o siete metros, luego la secaba con una sábana raída con estampado de diminutos elefantes. Y algunas veces, para premiar su esfuerzo, le ponía en la boca un dulce de fresa, mientras la pequeña temblaba y sonreía simultáneamente.

En El Cajón, su barrio en Yuscarán, a sesenta y ocho kilómetros de la capital, Tegucigalpa, nunca hubo piscinas, solo tierra gris que se levantaba furiosamente en las tardes de viento y dejaba a todos empolvados de la cabeza a los pies. Los clubes deportivos eran cosa de ricos. Nadar era cosa de ricos, como jugar al golf o al tenis, o montar a caballo, o comer en un restaurante.

Anabella aprendió primero a barrer, a poner tortillas de maíz sobre el comal en el fuego, a lavar la ropa en una palangana y luego tenderla al sol, detrás de la casita de ladrillo de una planta, con techo de lámina, para que no se llenara de polvo. Y luego, por esa insistencia materna que a los vecinos parecía ridícula, a nadar como un pez.

—¿La quieres llevar a las olimpiadas, mujer? —decía la vecina, sonriendo agriamente cada vez que regresaban de la laguna.

—Eso, a las olimpiadas —respondía Florinda, tomando con fuerza la mano de la niña, que levantaba un poco de polvo con sus chancletas rosas de plástico llenas de grietas.

El día que cumplió siete años recibió un traje de baño comprado en el mercadillo de la barriada, un poco usado, pero limpio. Y una rosa de plástico. De tallo verde brillante y pétalos de raso rojos como la sangre.

—No somos pobres, somos dignos —repetía como un sonsonete Florinda a su hija todas las noches frente al plato de frijoles y arroz, que allí se llama «casamiento», y que a veces llevaba un trozo de cerdo o de gallina, aunque la mayor parte del tiempo, no.

Y parecería que Dignidad fuese una dama de buenas costumbres que viviera entre las dos, en ese cuarto con una sola cama, un velador, una diminuta mesa y un anafre de leña, una imagen de la Virgen con su vela eternamente encendida y una caja de madera que guardaba sus escasas pertenencias.

Florinda limpiaba casas ajenas en un barrio de clase media de la capital, a las que llegaba después de un viaje de dos horas en un destartalado autobús. Por lo menos tres casas al día. Y lo que ganaba era cambiado rigurosamente, cada viernes, por dólares que escondía en una lata enterrada en una esquina de su propia casa.

Solo se quedaba con un poco de dinero para comprar comida, ropa para la niña y cuadernos de la escuela.

El que fuera padre de Anabella desapareció de su vida el mismo día en que se enteró de que ella estaba embarazada. Exactamente igual que un conejo desaparece en la chistera de un mago. Y jamás lo volvieron a ver. Ni siquiera se repite en esa casa, desde que se marchó, su maldito nombre.

Albañil regular, y pésima pareja, fue el que levantó las cuatro paredes de ladrillo donde hoy habitan. No le dio tiempo de poner el techo, por eso están las láminas que por lo menos las protegen del inclemente sol del verano y de las lluvias constantes y recias que caen en estas latitudes durante todo el año y sin previo aviso. El hombre tampoco supo cómo poner ventanas, así que el cuarto con pretensiones de casa era lo más parecido a un horno para pan.

Anabella se llama así por una muñeca que una tarde vio Florinda en el escaparate de una juguetería del centro. Una muñeca rubia y de ojos azules con un vestido de gasas trasparentes, como una princesa. Pero su hija no tenía ni el pelo rubio ni los ojos azules, ni tampoco un traje de gasas, y no sería nunca una princesa.

Y a pesar de ello, o tal vez por ello, para luchar a contracorriente contra los designios de la economía y la distinción de clases, así la llamaba constantemente. Princesa.

La muñeca desapareció de los escaparates en una sola temporada, parece ser que no fue del gusto de las niñas hondureñas que rápidamente la cambiaron por otra. Pero por lo menos quedaría el nombre, para siempre, en su hija, una Ana-bella, una joya, un regalo, un motivo para vivir. Una llave para abrir la puerta del futuro.

Si el mundo se había puesto contra ellas, ellas lucharían contra el mundo.

Florinda exigía buenas notas en el colegio. Quería que la niña supiera escribir y leer como ningún otro habitante de El Cajón, que forjara así un destino que estaba, aparentemente, reservado para otros, los que tenían dinero y contactos y maneras de evadir la justicia.

Hasta entonces, quien nacía en El Cajón acababa siendo enterrado en su cementerio. Y todos lo sabían. Excepto los muy pocos que habían conseguido llegar hasta los Estados Unidos sorteando cientos de peligros. Esos eran los héroes de la barriada, los que lograron vencer la adversidad y de los que nunca se supo más nada. Excepto que, según algunos, vivían de lujo al otro lado de la frontera y tenían camionetas y lavadoras eléctricas en casa.

Anabella se tomaba muy en serio las clases y regresaba todos los meses con una sonrisa de oreja a oreja y una boleta de calificaciones con un diez redondo marcado en rojo debajo de donde decía promedio.

Eso y nadar eran sus dos únicas maneras de olvidar la tierra gris, y el humo del comal, y el cuarto sin ventanas, y las ratas que paseaban por encima de las láminas todas las noches.

Por fin se atrevió a preguntar:

—¿Para qué vamos a nadar todos los días?

—Para que no te ahogues al cruzar el Bravo.

Y no se atrevió a seguir preguntando. Porque el

Bravo, por lo menos en Honduras, es el que se enoja, y no quería saber quién era ese señor.

Dejaba Florinda todos los días a la niña en la escuela a las seis de la mañana, aunque no abrían hasta las ocho, para poder tomar el autobús que la llevaba a la ciudad. El portero, don Herminio, la dejaba estar en la pequeña biblioteca hasta la hora en que quitaba el pesado candado de la puerta de la calle y una algarabía de gritos y carreras llenaba todo el lugar.

Y esas dos horas, a la luz de los mortecinos amaneceres que despliegan una tímida luz pálida, Anabella leía.

Cuentos de piratas, de ogros, de brujas, de princesas encerradas en un castillo esperando a ser rescatadas.

Y soñaba que algún día ella, también princesa, aunque nadie lo supiera, sería sacada del hoyo donde vivía y llevada sobre un caballo blanco a una torre reluciente de departamentos, en la capital.

O mejor aún, a Los Ángeles. Donde hablaban en inglés y comían tres veces al día, y pagaban en dólares y todos tenían carros enormes y relucientes aparatos que tocaban cumbias y merengues y rancheras a todo volumen, todo el bendito día.

Pero primero había que saber nadar como una sirena y escribir y leer como una maestra, luego aprender inglés, pero había tiempo de sobra.

Por ahora le bastaba y sobraba con ser la única princesa del pueblo.

II

Huele a orín de gato y de persona.

Un tufo impresionante que te atenaza las narices y que se te pega en la piel, y que sigues oliendo durante días, aunque ya no huela.

Por eso muchos prefieren viajar en la parte de arriba, al aire libre. Mucho más peligroso y frío, pero sin olores de escándalo como ese.

Algunos se amarran con una cuerda, un trozo de plástico o una camiseta vieja a los hierros que sobresalen de los techos. Saben que quedarse dormidos y caer significa invariablemente la muerte. O quedar tullidos para siempre. Sin un brazo, una pierna, o paralíticos por el golpe en la espalda. Te puede tirar una rama, otro pasajero al revolverse en un sueño inquieto y lleno de pesadillas o puedes ser empujado a propósito.

A lo largo de las vías y durante todo el camino hay hombres y mujeres que solo miran pasar el tren. Ya no pueden subirse, perdieron su única oportunidad y ahora vagan de aquí para allá, viviendo de la caridad de los que vieron su ascenso y su caída. No hay vuelta atrás.

Hay muchas versiones de lo que dura el viaje.

Unos dicen que son ciento seis horas sin parar. Otros que veintiséis días, algunos hablan de más, dicen que el viaje es eterno, como el castigo de los condenados a las llamas del infierno por sus pecados. Otros no lo logran nunca.

Lo cierto es que va desde Tenosique, en Tabasco, hasta Nogales, en Sonora. Recorre un país entero, México. Dos mil seiscientos kilómetros.

Una pesadilla para lograr un sueño.

El infierno para llegar al cielo prometido.

Anabella se sujeta fuertemente del barrote de metal al que va amarrada con un trozo de cordel. Esto apenas comienza. Cruzó la frontera con Guatemala hace seis días, después de salir de Tegucigalpa en un autobús, y ahora en plena madrugada siente el aire frío de la noche a lomos del tren que se bambolea y cruje, y huele a orín de gatos y personas. Tiene dieciséis años recién cumplidos y va vestida como hombre. Lleva una mochila con un par de camisetas, unos jeans, una navaja de muelle, un libro y una rosa de plástico.

Entre las bragas, pegados con cinta adhesiva, los cinco mil dólares que le costará llegar al otro lado.

Viaja con otros muchos en el tren maldito, el caballo de Troya, el convoy de la muerte.

Pero nadie lo llama así.

Todos lo conocen como *La Bestia.*

III

La primera vez que Anabella vio con sus propios ojos un cuento de hadas impreso tenía once años.

En el patio de la escuela pública Rubén Darío, bajo un sol de justicia, un 10 de septiembre, durante las celebraciones del día del Niño, vio sobre el escenario improvisado cómo una compañía de muy jóvenes actores escenificaban la historia de una pequeña que llegaba a la casa de tres ositos y que, con total desfachatez, se sentaba en sus sillas, se comía su sopa y se acostaba en sus camas. Lo mismo que a ella le hubiera encantado hacer, con enorme cinismo, en la casa de cualquier rico de Tegucigalpa.

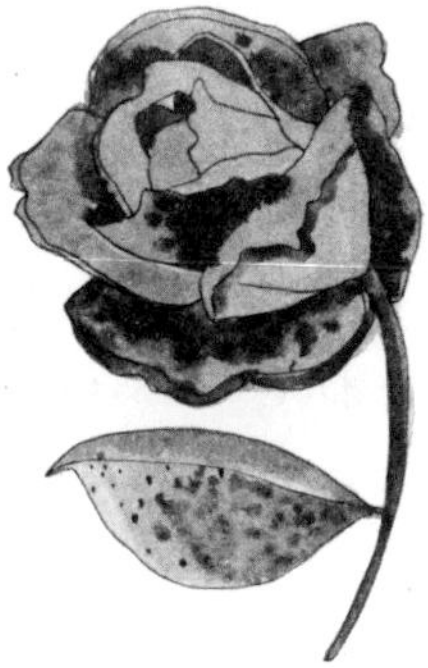

Lo conocía porque lo había leído en la biblioteca, pero se quedó prendada de los rizos falsos y rubios de la actriz principal, que, a pesar de ser una mujer, hablaba como una niña consentida y caprichosa.

Ella, por el contrario, tenía el pelo negro, lacio, largo. Florinda le pasaba un peine diez, doce veces todas las mañanas para desenredarlo, y luego le hacía una trenza gruesa que terminaba en un listón rojo brillante hecho moño. Y si hubiera hablado caprichosamente como la tal Ricitos de Oro en su casa, se hubiese llevado una zurra.

Ese día les dieron dulces y regalos traídos desde la capital. A los niños, coches de plástico, y a las niñas, muñecas del mismo material.

Hubo una competencia para ver quién cantaba mejor el himno nacional. Seis grupos de diez integrantes cada uno. Sin música, «*a cappella*», dijo el profesor Ramírez. Y ganaron los de quinto B. Que se desgañitaron con las últimas estrofas y, a pesar de ello, lo hicieron mejor que nadie.

Por guardar ese emblema divino,
marcharemos, ¡oh, patria!, a la muerte;
generosa será nuestra suerte
si morimos pensando en tu amor.
Defendiendo tu santa bandera
y en tus pliegues gloriosos cubiertos,
serán muchos, Honduras, tus muertos,
pero todos caerán con honor.

A ellos les ofrecieron como premio una mochila para cada uno, con lápices de colores, cuadernos y un libro ilustrado con cuentos clásicos.

No tuvo Anabella que esforzarse mucho para cambiar su muñeca por el libro. La niña que se lo dio sonreía como si se quitara un peso de encima.

Lo apretó contra su pecho como si fuera un auténtico tesoro. Allí dentro estaba otro mundo, lugares imposibles, historias de amor y de venganza, de personas que lograban sus objetivos y luchaban contra monstruos.

El himno nacional le resultaba, por lo menos al final, un poco incomprensible. ¿Morir con honor? Eso no sucedía nunca en El Cajón. Se podía morir de cuchillada o de bala disparada por mareros, esas pandillas que habían comenzado en El Salvador y que después de pasar por Los Ángeles se afincaran en toda Centroamérica, convirtiéndola en territorio sin ley.

Se podía morir de enfermedades tontas como una diarrea, o atropellado por un auto manejado por borrachos, o de tétanos, o hasta de una diabetes mal cuidada. Pero honorablemente no se moría nadie.

Excepto tal vez doña Ricarda, la señora que en el mercado vendía lo poquísimo que sobraba de su huerta, y que estuvo en su misma esquina, sentada en el suelo, desde siempre. Ella murió, según le dicen, el día que cumplió cien años, de viejita, cuentan. Dormida como un pájaro en medio de una tempestad de pisadas alrededor.

No se dieron cuenta hasta el día siguiente, cuando un perro le meó encima. Pensaban que estaba dormida.

Anabella no se había enfermado nunca. A pesar de que la laguna donde nadaba se veía verde y nadie se atrevía a introducirse en sus aguas, excepto tal vez para llenar un par de cubos con los que regar las plantas.

—Son unos ignorantes —pontificaba, sabihonda, Florinda—. Los líquenes no matan a nadie, por lo contrario, hacen aire.

«Hacer aire», como lo llamaba, era su peculiar manera de decir que transformaban el bióxido de carbono en oxígeno.

Eso se lo aclaró a Anabella la maestra Otilia en una clase de biología.

Desde entonces, cada vez que la niña se lanzaba de panza hacia el agua, pensaba que ayudaba, de alguna forma, a que los demás tuvieran más aire para respirar.

No solo se enfrentaría como una valiente al temido Bravo, sino que, además, contribuía con cada brazada a despertar a los famosos líquenes, que el resto del tiempo languidecían bajo el sol apaciblemente.

Sumergía, pues, la cabeza Anabella, la princesa encerrada en El Cajón, bajo las turbias aguas y pedía al cielo que le enviara pronto a cualquier príncipe, como los que salían en el libro de cuentos, a rescatarla, montado en su caballo blanco.

Para llevarla a un castillo reluciente, situado en lo más alto de la colina de Hollywood.

IV

—A *La Bestia* no hay que tenerle miedo, sino pánico. No puedes jugar con él, o ella, no se sabe su sexo. No puedes burlarte. No puedes pretender más de lo que quiera darte. No es tu amigo, ni nunca lo será. Si te descuidas, te come, te digiere, te escupe. Y ya nunca jamás volverás a ser el mismo. Si te acaricia, es porque quiere hundirte las garras en la piel. Si te acerca la boca, es porque quiere desgarrarte con los colmillos. Si te ronda por las noches y no te deja dormir, como ronda la muerte con su aliento pestilente, estás condenado para siempre.

Anabella comía un plato de sopa instantánea fría a un lado de la vía, y escuchaba atentamente, entre sorbo y sorbo, lo que decía el viejo sentado a su lado, que hablaba mientras desmigaba un trozo de pan y se lo lanzaba a las ratas que salían de entre los durmientes con rapidez inaudita, para desaparecer segundos después con sus pequeñas presas en la boca.

Él fue el que le puso el plato de plástico entre las manos. El tren se había detenido. Estaba apagado. Muerto.

Oyó decir que por lo menos tendrían que pasar la noche allí. Y tener mucho cuidado con los agentes de migración mexicanos que hacían redadas amparados en las sombras para robar a los que intentaban cruzar su territorio. Redadas para asaltarlos, para venderlos a los narcotraficantes, para convertirlos en desaparecidos. El infierno, pues. Y solo era el principio.

—¿Cómo te llamas? —preguntó el viejo de pronto, dándole un codazo a ese muchachito al que la ropa le quedaba grande y que llevaba una gorra calada como un casco de guerra.

—Martín —respondió la chica engrosando la voz.

—Martín ¿qué? Tendrás un apellido, como todos —insistió el hombre.

—Martín Zavala. Hondureño.

—¿*Pa* dónde vas?

—Al otro lado.

—Eso lo sé. ¿Adónde al otro lado?

—Los Ángeles —contestó la chica-chico, apurando los restos de la sopa y bajando la cabeza.

—Pues vas por el camino equivocado.

El viejo se llamaba Eulalio, salvadoreño. Tenía tantas arrugas en la cara que no se podía saber a ciencia cierta su edad: setenta, mil, dos mil años. Se cayó del tren en Tabasco y allí se quedó para siempre, en ese lugar que, según él, estaba tan lejos de Dios y también de los Estados Unidos.

Tenía una pequeña parcela junto a las vías y allí plantaba maíz, chiles, frijoles, lo que podía. Se rompió la cadera y andaba penosamente con un par de muletas. Cuando el tren se detenía a veces, se acercaba a los otros que como él se subieron a *La Bestia* buscando el sueño americano. Les ofrecía sopa, pan, lo que tenía, esperando a cambio historias.

—¿Cómo que equivocado? —preguntó Anabella, abriendo muy grandes los ojos.

—El tren va para Nogales, en Sonora, frontera con Arizona. Los Ángeles es California. Novecientos kilómetros entre uno y otro…

—¿Entonces?

—Llegas a Nogales, cruzas el desierto y de allí hasta California.

—¿Y el río?

—¿Qué río?

—El Bravo…

—No cruzas el río. Cruzas el desierto.

Nadando desde los cuatro años para cruzar un río poderoso que no había que cruzar. Se le salió una lágrima. Y luego comenzó a reírse a carcajadas.

—No llores, niña. Se puede cruzar el desierto, solo que hay que tener mucho cuidado.

—No soy niña, me llamo Martín.

—Y yo soy Simón Bolívar.

Era el primer hombre con el que hablaba y se había dado cuenta de que era una hembra en menos de cinco minutos. El disfraz no servía, igual que las clases de natación, para absolutamente nada.

Miles de kilómetros en tren y luego un desierto. ¿No habría un sueño más cercano que pudiera soñar?

—¿Vienes sola? —preguntó el viejo.

Y la cabeza de Anabella se llenó de alarmas de colores y de silbatos de precaución. Ya le habían advertido cien veces que no podía confiar en nadie, ni siquiera en su propia sombra.

—No. Vengo con mis hermanos.

—¿Y dónde están? Si se puede saber.

—Fueron a buscar posada para pasar la noche. El tren no sale hasta mañana.

—Si bien les va. Una vez se rompieron las vías y estuvo ahí parado, como un dinosaurio prehistórico, seis días con sus noches.

Anabella no lo quiso contrariar diciéndole que todos los dinosaurios eran prehistóricos, que sí era niña, que perdió tres cuartas partes de su vida nadando todas las tardes, que venía sola y que ochocientos kilómetros más y un desierto no estaban en sus planes.

—Te puedes quedar en mi casita.

Anabella lo dudó un instante, intentó mirar más allá de esos ojitos ratoniles, iguales a los que se asomaban entre los raíles y que la miraban desde un telar de arrugas. Intentaba descubrir malas intenciones en la propuesta.

—Con mi mujer y mis dos hijas —aclaró rápidamente el viejo.

—¿Y cuánto me va a costar?

—Que nos mandes una postal desde Los Ángeles. Solo para saber que llegaste bien, sana y salva. Una muchachita como tú no debería hacer el viaje sola. Hay arroz, frijoles, plátanos. Vas a estar segura.

—No estoy sola —insistió.

Tenía su libro de cuentos y una rosa de plástico, una navaja de muelle, una esperanza que se desvanecía como una gota de pintura en el agua. Y también cinco mil dólares escondidos en los calzones.

Cinco mil dólares que le habían costado la vida a Florinda.

Se levantó y siguió al viejo hacia el caserío que se divisaba a unos doscientos metros, entre la selva. Un solitario poste de luz en medio de la nada.

—Gracias. ¿Cómo se llama?
—Ismael. Llámame Ismael.

V

Cuando Aurelio apareció en su traje azul en mitad del patio de la escuela, con esa corbata roja de diminutos lunares blancos, Anabella sintió que el mundo se abría bajo sus pies. Una electricidad le recorrió el cuerpo y las nubes (que no había) le taparon los ojos.

Recitó el muchacho, esa alucinación tropical, un poema de Rubén Darío (igual que el nombre de la escuela), después de soplar dos veces al micrófono como todo un profesional.

Si existiera el amor a primera vista, este tal vez sería un caso de estudio.

Anabella, con solo doce años y medio, y un cuerpo que empezaba a desarrollarse a fuerza de naturaleza y arroz con frijoles, se sintió transportada a otro universo, uno mejor, como el que salía en los cuentos de hadas y donde, si había maldad, era neutralizada por las fuerzas mágicas del bien, que, a la larga, triunfaban a pesar de los pesares.

Aurelio entró en su clase. Se sentó en el pupitre de al lado. A la semana escasa, el muchacho, que venía de la capital y había aprendido modos menos pueblerinos que los que en El Cajón se estilaban ya le había pedido que fuera su novia, e incluso la besó junto a esos bebederos que habían puesto en una esquina del viejo edificio, hacía ya dos administraciones municipales, y que no habían funcionado nunca.

Las noticias en el pueblo corren más rápido que un atleta jamaiquino. Esa misma tarde ya la esperaba Florinda en la puerta de la casita con una chancleta verde fosforescente en la mano.

Las nalgas le dolieron tres días, pero el beso, que le supo a chicle americano y a algodón de azúcar, no lo olvidaría el resto de su vida.

Su madre pensaba que un novio, a su entender, era solo «una perdedera de tiempo», o peor, «una fábrica de hacer hijos». Más tranquila, le explicó a Anabella, a la luz de un pequeño candil y mientras fuera de la cabaña sonaba el intermitente coro de los grillos, cómo las relaciones en el pueblo acababan siempre mal, con muchachas despechadas y preñadas llorando por las calles.

Y ese no era el destino que había planeado para su hija. Era otro, más luminoso. En un lugar donde los semáforos funcionaban en sincronía y las tiendas tenían aparadores majestuosos donde uno podía comprar todas las cosas de las que hasta ahora solo habían oído hablar.

Un lugar donde el esfuerzo era premiado en dólares y en el que se podía, en muy poco tiempo, vivir una vida más cómoda y más digna. Un lugar que no habían visto nunca, pero del que todos decían que era una suerte de sucursal del paraíso.

Y Anabella la oía sin escucharla. Como cuando ponen en el cine de barriada, sobre una sábana blanca a un lado de la iglesia, esas películas taiwanesas sin subtítulos que solo comprendes porque pasa algo cuando pasa. El resto, un galimatías incomprensible.

Ella tenía la cabeza en otro lado. En los labios de Aurelio, la corbata de Aurelio, las manos morenas de Aurelio, las pestañas enormes de Aurelio.

—¿Me estás oyendo, niña del demonio?

—Sí —dijo desganadamente la mejor nadadora de El Cajón. La única nadadora de El Cajón.

—¿Quieres más chancleta?

Allí, salió de su ensoñación, frente a esa palabra mágica.

—No. *Ma*. Te escucho.

—Pues escucha bien. Si te embarazas, te mato, lo mato y me mato.

—¿*Pa* qué tanta matadera? No va a pasar nada.

—Más te vale… No quiero que lo vuelvas a ver.

—Pero si va a la escuela, a mi clase. Lo tengo que ver por fuerzas —dijo Anabella, inocente.

—Vas a la escuela, pero no lo ves. Como si fuera invisible. ¿De acuerdo?

—De acuerdo…

Pero eso resultó imposible. Cómo diablos no verlo si todos los días llegaba con las manos llenas de flores silvestres, de poemas recortados de la página de cultura del periódico, de dulces de piña y coco, de piedras de colores…

—Eres invisible —le dijo en un recreo Anabella.

—Soy negro. No puedo ser invisible —respondió Aurelio riéndose.

—Si ves a mi madre, corre hacia el otro lado.

—Si, como dices, soy invisible, no podrá verme.

—Ella lo ve todo. Hasta lo invisible. Tú corre…

Pasaban el día tomados de la mano, a pesar de los reglazos dados por la maestra de historia cada vez que tenía que atravesar el pasillo. Se soltaban y en cuanto ella les daba la espalda, volvían a entrelazar las manos. Parecían una pareja de viejos que llevaran juntos una eternidad. Como si se hubiesen conocido en otras vidas y el destino los pusiera, así, como si nada, en el mismo pueblo, la misma escuela, la misma clase, el mismo mundo.

Mano a mano.

Dicen que el primer amor nunca se olvida, y por lo menos los habitantes de ese lugar perdido tardarían muchas generaciones en hacerlo.

Los dos suspiraban por las calles, y las calles de polvo gris iban levantando polvaredas, y hasta remolinos a su paso, que podían verse desde los cerros vecinos.

Era uno de esos amores sin pretensiones ni dobleces, tan verdadero que no llevaba en él ni una sola pizca de maldad.

Él hubiera dado la vida por ella. Y viceversa.

Y Florinda husmeaba por todos los rincones del pueblo, en los recovecos de las callejuelas más oscuras, en los bancos de la parte de atrás de la iglesia, en las sillas del cine al aire libre, en las tiendas de techo de asbesto donde vendían cocos rallados con sal y limón, chancleta en mano, intentando preservar la virtud de su única hija, la sirena del pueblo, su princesa, a la que le tenía prometido un futuro luminoso.

Pero lo que no sabía era que esa virtud no estaba en juego.

Los muchachos eran de una ingenuidad sorprendente en los tiempos violentos que corren en el mundo. Se tenían uno al otro y pasaban horas enteras contándose películas, historias de amor, sueños y también pesadillas, haciendo con las palabras un tejido de complicidad indestructible.

Y también se besaban, ¡claro que sí! A la menor provocación y al primer descuido de los que estaban cerca.

Besos rápidos y silenciosos, de terciopelo, de guanábana, de sellar con ellos, uno a uno, un pacto que no necesitaba sangre ni lágrimas, tan solo la confirmación de que se amaban. Punto.

Y no tardaron en empezar las habladurías. «Pueblo chico, infierno grande», dicen los que saben de esas cosas del amor y de las envidias, y que no pueden soportar la felicidad de los otros, porque los otros son el enemigo. Habladurías sin sentido y sin razón que van como serpientes metiéndose en las casas y asustando a los ingenuos, a los ignorantes, a los que no tienen nada que hacer en la vida más que meter las narices en los asuntos ajenos.

Ya habían pasado dos años de romance. Anabella tenía catorce y Aurelio, dieciséis. Dos niños que se volvieron de golpe y porrazo unos jóvenes adultos que seguían cortando flores en las veredas y jurándose uno al otro que la vida solo tendría sentido estando juntos.

Los padres de él, pescadores de la costa, habían heredado una casita de barro a las afueras del pueblo y pasado de las redes al arado y el maíz. Guapos, fuertes, negros orgullosos de su raza y de su origen, gente de bien que trabajaba de sol a sol y criaba a sus dos hijos en la certidumbre de la modestia y la honradez.

«Como en un cuento de hadas —pensaba Anabella—. Hasta un poco cursi, como debe ser.» Tanto era así que se había olvidado por completo de Los Ángeles y los rascacielos y las hamburguesas que la esperaban al otro lado del señor Bravo.

Se veía a sí misma como dueña y señora de una parcela cerca de la colina, con ovejas y gallinas y niños correteando y jugando a las escondidas.

Pero el destino es un bicho malo que muerde sin previo aviso y al descuido.

Y corrieron como corre el agua en un barco con la quilla rota las habladurías en el pueblo: que si eran, esa familia de negros, de una tribu de brujos de la Amazonia, que si hacían rituales paganos y degollaban gallinas por las noches, que si tenían embrujada a la hija de Florinda, que si esto y que si aquello.

El caso es que no podían soportar que fueran guapos, que trabajaran como burros, que ahorraran lo que ganaban de los excedentes de cosecha y que luego vendieran en la plaza, que pudieran ir vestidos como «ricos» a la iglesia los domingos, que se rieran y cantaran mientras araban la tierra.

Tal vez eso era lo peor de todo. Que fueran felices en un pueblo donde todos, por designio divino, debían ser por fuerza los seres más infelices de la Tierra.

Una medianoche sin luna, de golpe y porrazo, las campanas de la iglesia comenzaron a tocar con tal fuerza y urgencia que parecía el anuncio del fin del mundo.

Reunidos en la plaza, salidos de las sombras, los habitantes de El Cajón, muchos en camisón, algunos semidesnudos, otros abrochándose el cinturón mientras andaban torpemente, supieron la noticia.

La casa de los negros se quemaba.

Anabella no esperó a saber más.

Corrió enloquecida, descalza, enterrándose en las plantas de los pies todos los guijarros puntiagudos de Centroamérica, hacia donde un resplandor maldito iluminaba el antes apacible paraje.

Una vaca ardía de pie, mugiendo lastimeramente, sin saber qué hacer frente a ese suplicio.

Anabella le arrebató la pistola del cinto a un policía municipal que miraba petrificado esa representación del mismísimo averno. Se acercó al pobre animal sin dudarlo y le pegó un tiro en la cabeza, acabando de una vez con su sufrimiento.

No se podía hacer otra cosa excepto ver el cruel espectáculo. Tan solo fuego y ruinas alrededor. Ya no se reconocía la casita que antes se levantaba allí, con macetas de flores en las ventanas y un corralito donde ahora solo quedaban los restos humeantes e irreconocibles de un montón de pollos calcinados.

En El Cajón no había bomberos. Y con excepción de unos cuantos vecinos que tiraban frenéticas cubetas de agua sobre las llamas, los demás no movían un dedo. Pero eso sí, se santiguaban y rezaban en voz alta.

Anabella intentó entrar a los restos de la casa, pero un par de manos fuertes se lo impidieron enérgicamente: su madre, que le habló al oído, con suavidad, como cuando le contaba cuentos para dormir.

—No hay nada que hacer, princesa. Déjalo así.

—¡Ellos lo hicieron, mamá! —contestó rabiosa la muchacha, mirando alrededor.

Florinda le tapó la boca con una mano áspera de tanto barrer y fregar y cocinar en casas ajenas.

—No digas nada. Calla. Chisss…

—¡Los mataron! ¡Los quemaron! ¡Como si fueran animales! ¡Peor que animales!

Florinda la arrastró por las calles mientras Anabella seguía gritando y culpando al pueblo entero.

Sangrando por los pies, con la mirada extraviada, llena de odio, la joven se quedó dormida en el regazo de su madre, en una esquina del cuarto sin ventanas. Con la rosa de plástico en las manos.

Las pesquisas policiales no pudieron determinar el número de muertos que hubo esa noche en la casita de la colina. Pero eran más de tres, como dijo el gordo sargento que mandaron desde la prefectura municipal.

Y, oficialmente, todo se debió a un «terrible accidente» que incluso salió en los diarios sensacionalistas de la capital.

Pero Anabella sabía que había sido provocado.

Todos lo sabían y callaban como ratas arrinconadas por un tigre.

Aurelio estaba muerto, el amor de su vida convertido en polvo.

No habría más flores, ni besos de algodón de azúcar, ni historias contadas en susurros, ni misas con coro, ni cocos rallados con limón, ni películas, ni atardeceres rojos, ni poemas de Rubén Darío…

En ese incendio también murió ella. Lo sabía de cierto. Con una certeza amarga y dolorosa.

Como deben de ser amargos los caprichos de los dioses.

Y decidió dos cosas.

Dejar de hablarles a todos, excepto a Florinda. Y comenzar a rumiar, desde el amanecer siguiente a la tragedia, la venganza.

VI

El tren avanza lento, con un traqueteo desesperante. La chica podría bajarse, ir por una gaseosa helada a uno de los tenderetes del camino y volverse a subir sin problema. Pero si nadie lo hace, ella no lo hace. Imita en todo a los que saben cómo viajar a los lomos de *La Bestia.*

—Son las lluvias —dice una mujer que lleva una pañoleta del Real Madrid atada a la cabeza y que muerde un mango verde mientras mira a ninguna parte.

—¿Cómo que las lluvias? —pregunta Anabella en su papel de machito, poniendo dura la voz.

—Hay tramos en que el agua afloja las vías, y si va demasiado rápido, descarrila. Ya ha pasado más de una vez. Agárrese al fierro.

De haber sabido todo lo que podría pasar y que nadie le dijo, hubiese buscado otra forma de cruzar ese país enorme que se llama México y que es verde y caliente y peligroso.

Se agarra al fierro. Hay que estar atento y despierto. Si ese animal inmenso descarrila, hay que saltar mientras lo hace, no antes, no después. Al momento en que empiece a ladearse, hay que tomar impulso y saltar hacia los árboles, al puente, a donde sea. Y rezar para caer sano y salvo.

Hay pandillas que asaltan y violan y matan durante el camino. Las famosas maras. Son los dueños y señores de las vías y de los vagones cargados con productos químicos que también pueden provocar la muerte. Pero comparten el territorio con los narcos, las muchas policías que hay en México, los tratantes de blancas, los agentes de migración.

Nadie sabe cuáles son peores y más crueles, hay tantas versiones como historias contadas acerca de cientos de cosas espeluznantes que suceden durante el camino.

Y también hay gente buena y decente y honorable.

Ya están llegando a Orizaba, poco menos de la mitad de la ruta. Se encuentra en el estado de Veracruz. Allí, mientras el tren pasa a toda velocidad bajando una pendiente, un grupo de mujeres del pueblo al que todo el mundo llama Las Patronas, arriesgando sus vidas, se acercan al tren y ponen en las manos de los que van arriba y se atreven bolsas con arroz, huevos, frijoles, pan, y otras bolsas más llenas de agua.

Esas mujeres son un ejemplo de solidaridad. Salvan, con ese gesto pequeño y a la vez enorme, decenas de vidas todos los días. Merecen el cielo.

Muchos de los *pollos* (así llaman a los migrantes) pasan días sin comer ni beber. No quieren bajarse de *La Bestia*. Por más inseguro que sea, es bastante menos que andar a pie por esos caminos.

Anabella recibió una bolsa con arroz y otra de pan dulce. Pan que sabe a vainilla y que nunca había visto.

Está recién hecho. Cuando estiró el brazo para recibir las bolsas, notó fugazmente la sonrisa enorme de una muchachita morena, no mayor que ella misma. Escuchó que le gritó: «¡Suerte!».

Un ángel vestido con mandil.

Algún día volverá a ese sitio para abrazarla y decirle que ese pan que le dio sabía a gloria.

En el mismo vagón donde se ha instalado, más bien en el techo del vagón, al que llama dentro de su cabeza «el dormitorio», viaja la señora del Real Madrid con un niño de doce años; son, como ella, de Honduras, pero también hay dos peones mexicanos, un nicaragüense y tres muchachas de Guatemala.

La Organización de las Naciones Unidas. Pero desorganizados.

Y también un chico que no se quita la gorra de los Yankees de Nueva York. No habla con nadie. Viaja en una esquina, apartado de todos, come en silencio y viaja en silencio. Siempre lleva el torso y los brazos cubiertos, a pesar del calor. En un descuido, cuando recogieron la comida de Las Patronas, Anabella pudo verle bien la cara. Bajo el ojo izquierdo tiene un pequeño tatuaje de una lágrima. Sabe lo que significa y tiembla al pensarlo.

Es un marero. La lágrima indica que ya cobró su primera vida.

Él la observa de arriba abajo y esa mirada feroz la desnuda; tiene la sensación de que sabe su secreto.

Anabella mira hacia el campo durante un rato, asustada, y cuando vuelve a posar los ojos hacia ese lado del techo del vagón, el tipo está allí, escrutándola como si fuera un trozo de jamón puesto en una vitrina.

Empieza a anochecer. Ya no puede verle la cara ni el tatuaje de la lágrima; es una sombra. El marero enciende un cigarrillo. Un punto naranja que se enciende y se apaga durante largo rato. Una señal de que está en el infierno, y esa breve luz indica la puerta de entrada.

En su pueblo no había maras, pero en Tegucigalpa sí. Los de la Mara 18. Tal vez la más sanguinaria. Para entrar a la pandilla tienes que recibir una golpiza propinada por todos los miembros simultáneamente. No todos lo aguantan.

Y luego han de matar a alguien. Y así te ganas la lágrima.

Una lágrima por muchas otras que llorarán familias enteras. Todos hablan de Irak y de Siria, pero no saben que esta parte del mundo está en guerra desde hace mucho tiempo.

Anabella recibe una sacudida de frío en la espalda. Es el miedo.

Y todavía falta mucho miedo por recorrer.

Cientos de kilómetros de miedo.

VII

—Agotamiento extremo —dijo el joven médico de la clínica rural después de mirar el fondo de los ojos de Florinda—. También anemia perniciosa. Y una probable insuficiencia renal.

Anabella miraba el calendario de la pequeña clínica que mostraba una ternera con su cría. Al día siguiente cumpliría dieciséis años. Todo eso que decía el médico, excepto lo del agotamiento, sonaba absolutamente incomprensible.

—Tenemos que ir a un hospital de verdad —dijo la muchacha resuelta—. A la capital.

—No tenemos dinero.

—Tenemos. Está la lata de los dólares.

—Eso no se toca. Es para el viaje.

—Si te mueres, no habrá viaje, mamá.

Y era como hablar con una niña que no quisiera prestar el juguete que acababa de recibir. Florinda hacía una mueca de disgusto mientras caminaba sobre la tierra gris. Si uno se lo propusiera y abriera bien los oídos, podría oír cómo su cabeza iba funcionando mientras andaba.

—¿Vamos a nadar? —dijo la madre de repente, como si se le hubiese ocurrido la mejor de las ideas del mundo.

—¿No oíste lo que dijo el médico? Agotamiento extremo. Tienes que descansar.

—Todos los pobres estamos cansados siempre. ¿Qué más da otro día? Además, hoy es sábado. Vamos al río.

Siempre iban a la laguna. Desde el incendio no habían vuelto a acercarse a la plaza, ni a misa, ni al mercado. Anabella ni siquiera iba a clases, estudiaba en casa. A la sombra de un mango frondoso. Y presentaba los exámenes cada fin de semestre, sin dirigirle la palabra a nadie, pasando sin problema.

Ya había ejecutado su venganza. Todas las noches, en sus sueños, iba quemando una a una las casas de los vecinos que le habían arrebatado al amor de su vida. No podría hacerlo en la realidad, no era como ellos, jamás sería como ellos. Se sentaba, leía y esperaba el momento en que pudieran irse por fin de ese sitio maldito.

Pasaron a la casita por el traje de baño de Anabella. Ir a nadar significaba que nadaría ella mientras su madre la aplaudía, así había sido siempre.

Rodearon el pueblo para no tener que verles las caras a los asesinos. Una vuelta larga. Florinda respiraba penosamente y arrastraba los pies.

—¿Estás bien? —preguntaba preocupada su hija.

—Estoy bien —repetía una y otra vez la mujer, que estaba blanca como una hoja de papel.

La tomó de la mano y sonrió como pocas veces en su vida.

El río Choluteca no era como debía ser el famoso Bravo del que tanto había oído hablar Anabella durante toda su vida, pero era un río que corría con fuerza suficiente para sacar aquí y allá destellos blancos de corriente.

Fueron lo más lejos posible y se instalaron bajo la sombra de un arrayán enorme.

El traje de baño era nuevo. Del mismo color que el de las nadadoras olímpicas, con un par de tirantes y un rayo rojo que bajaba por los costados. Su regalo de cumpleaños anticipado.

Se tiró un clavado perfecto desde una piedra y nadó vigorosamente de un lado a otro en el agua fría, mirando de vez en cuando hacia la orilla donde su madre aplaudía.

—¡Venga, sirena! Otra vez. Levantando más los brazos. Mete la cabeza, respira cada dos brazadas.

En otra vida, si las cosas no hubieran salido tan mal como les salieron a ese par de mujeres valientes, Florinda habría podido ser entrenadora y no sirvienta.

Anabella nadó y nadó. Sintiendo el agua recorriéndole el cuerpo.

En algún momento dejó de oír a su madre.

Enfiló hacia la orilla.

La vio dormida plácidamente bajo el árbol, sentada con los brazos entrelazados en el regazo.

Lo supo inmediatamente.

Florinda tenía al morir tan solo cuarenta y dos años. Se sentó junto a ella después de secarse minuciosamente con la sábana raída. Le tomó la mano y juntas recibieron los últimos rayos de sol de la tarde.

Al día siguiente, el día de su dieciséis cumpleaños, Anabella enterró a su madre en el panteón municipal, el cura lanzó agua bendita sobre el discreto cajón de pino en el que se entierra a los pobres.

Se fue a la casucha, se cortó el pelo casi a rape con unas tijeras, se puso el jean raído, una camiseta de hombre, la gorra de visera, desenterró la lata de los dólares y luego echó queroseno sobre las láminas del techo, con paciencia y también con desasosiego.

Con la mochila que llevaba antes a la escuela al hombro, conteniendo el libro, la flor de plástico, tres mudas ligeras, una chamarra y la navaja, sintió el crepitar del fuego a sus espaldas.

Al norte. A cruzar nadando el Bravo. No le tenía miedo.

Ella podía, sola, soñar el sueño de las dos.

¿Quién dijo que las princesas tenían que esperar a ser rescatadas?

¿Quién dijo que las princesas eran cobardes?

¿Quién dijo que las princesas lloraban?

¿Quién dijo que las princesas no podían domar a *La Bestia*?

VIII

Comenzó a llover. El diluvio universal. Una cortina de agua densa impedía ver más allá de un palmo de terreno. Calada hasta los huesos, trató, como los otros, de entrar a uno de los vagones. Bajó con mucho cuidado por las escalerillas laterales mientras el agua y el viento le azotaban la cara. Y las ramas del camino, a pesar de ir lento, le azotaban la espalda. Un par de veces estuvo a punto de caer. Le dolían las manos y la mochila, con sus escasas pertenencias, pesaba como un fardo lleno de piedras, como si dentro llevara todas las penas del mundo. Y las penas, cuando se mojan, todo el mundo lo sabe, pesan el triple.

Como pudo, logró llegar a una de las puertas del vagón, agarrándose con las uñas a los resquicios de la madera. La caída sería sin duda fatal; pero no pensaba en ello, solo vislumbraba a unos metros, como una meta olímpica, la posibilidad de un lugar seco donde pudiera sentarse sin que las agujas del aire le cruzaran la cara.

Pero estaba cerrada con candado.

Subir de nuevo no era una opción. Como pudo, como una araña pegada a la pared, jugándose la vida ante el posible manotazo final de la tormenta, fue deslizándose por la pared del vagón, hacia el siguiente carro. En esos instantes se le olvidó que llevaba dos días sin comer, que el sol le había reventado los labios, que le dolían lugares del cuerpo que hasta entonces no sabía siquiera que existían.

Avanzó como pudo, soportando el traqueteo constante de las ruedas, sintiendo cómo las astillas de madera del vagón se le clavaban en las manos, hasta un agujero de madera podrida. Y, como una anguila, se deslizó dentro del carro, sosteniendo el aire dentro del cuerpo, haciéndose pequeña, como Gulliver, como Alicia, como el viento.

Y cayó dentro, en la oscuridad. Sobre las tablas húmedas. Y respiró hondo, profundo, como si saliera de las profundidades del mar, como si fuera la primera vez en la vida que respiraba. Le dolían la cadera y las manos, como si cientos de agujas diminutas se le hubieran clavado en ellas.

La tromba, ametrallando el techo del vagón, no dejaba oír ninguna otra cosa, ni siquiera sus más profundos pensamientos.

Se arrastró como pudo hasta una esquina y rezó, con todos los rezos que había aprendido desde niña, para que amainara la tormenta, para que no le pasara nada, para que todos pudieran llegar a su destino.

Olía a pis de personas y de gatos, como el resto de *La Bestia.* Como huele el mal.

Ya lo había aprendido después de muchos días en el vientre de ese terrible animal que se come crudas a las personas. Y no veía más allá de un par de dedos. La oscuridad era también, a veces, una aliada poderosa de su enemigo.

Aferró la mochila en su regazo y aguzó lo más que pudo el oído para intentar saber si estaba sola en ese hueco.

Durante un buen rato tan solo el caer de la lluvia y el vaivén del tren fueron su única compañía en ese vagón que parecía estar cerrado a cal y canto.

Pero al otro extremo de donde se encontraba, de repente vio una minúscula luz, un destello. Y luego un punto rojizo que se encendía intermitentemente.

¡Alguien estaba fumando!

Y el punto de luz se acercaba poco a poco hacia su

esquina. Sacó como pudo la navaja de muelle de la mochila y la abrió con un chasquido.

Entonces oyó la voz. Como si saliera de un hueco profundo.

—¿Vienes solo, compadre?

Una vez más engrosó su propia voz todo lo que pudo. Era cuestión de vida o muerte.

—No. Arriba están mis camaradas.

—¿Quieres un cigarrillo? —dijo el punto de luz, acercándose.

—No fumo. ¡Hágase para su lugar! —ordenó lo más marcialmente que pudo. Quería sonar como si fuera un hombre curtido en estos menesteres. Y advirtió—: ¡Vengo armado!

El punto se detuvo a unos cuantos metros.

Y tranquilamente, como si fuera el dueño del tren, o del universo entero, le respondió:

—Mi lugar es aquí. Usted se metió sin permiso. Nadie lo invitó…

Había amenaza en esa voz. Una amenaza queda y concluyente. Como un león que le habla a un ratón imbécil que sin querer se hubiera metido en sus dominios.

Apretó fuertemente la navaja en la mano y esperó.

Lo que tuviera que suceder, sucedería.

IX

La llegada hasta la frontera de Guatemala fue pan comido.

Caminó junto con otros que hacían la misma ruta, cerca de la carretera, siguiéndola, pero intentando que nadie los viera. Sobre todo los militares que hacían rondines por la noche en jeeps artillados y que lanzaban de vez en cuando los faros sobre la selva, buscando *pollos*. Como ellos.

Cinco días y cinco noches caminando. Deteniéndose tan solo para mear detrás de un platanal frondoso, beber agua del garrafón de plástico que había comprado en el mercado, descansar unas horas escondida con los demás en el terraplén o tierra adentro, no muy lejos de la carretera para evitar perderse.

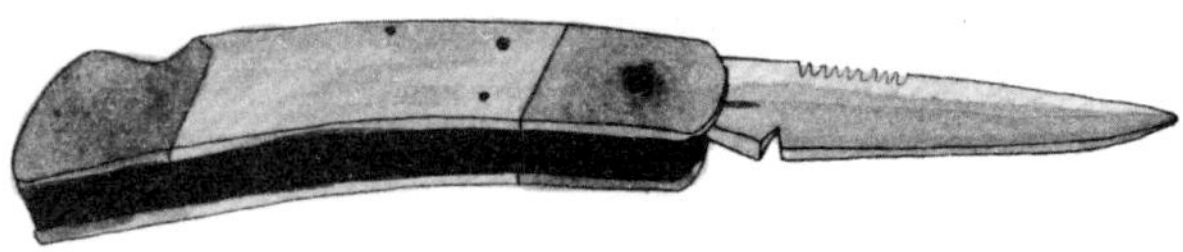

Comió junto a pequeñas fogatas lo que los compañeros de viaje sacaban de mochilas y también lo que iban encontrando en el camino: un armadillo atropellado, una gallina que se había alejado demasiado del ranchito donde vivía.

Había de todo. Muchos hombres morenos y curtidos por el sol. Mujeres con niños que apenas podían caminar por la sed y el hambre, incluso un par de ancianos que no llegaron muy lejos porque, cuando huían de una redada, cayeron en manos de los agentes de migración guatemaltecos.

Cruzó el río Suchiate hacia México subida en una enorme rueda neumática de camión, inflada a modo de embarcación, junto con otros cuatro. Ni siquiera aquí pudo probar sus habilidades natatorias. La pasada, que hacen cientos de personas todos los días, cuesta tres dólares. Poco para evitar mojarte y mojar todas tus pertenencias. Hay muchas ruedas que cruzan todo el tiempo. Y a los dos lados de esa frontera invisible, hay policías de los dos países que los miran. Esperando momentos más propicios para desplumarlos y quedarse con todo lo que llevan. Por eso también se llaman *pollos*. Porque son desplumables, inservibles, migrantes a los que nadie protege, ni tampoco, en caso de desaparecer, buscará nadie nunca.

Hay códigos no escritos para el viaje. El que cae porque no puede seguir de cansancio o se lastima se queda en el sitio. Ninguno delataría la posición de otro. Se comparte lo que se tiene. Cada quien mira por sí mismo.

Hasta ahora su papel de machito había salido bien. Cuando tenía que ir al baño, se cuidaba de no ser vista por nadie. Caminaba erguida, pero arrastrando un poco los pies, y se calaba la gorra lo más profundo en la frente, ocultando la cara, imitando a otros adolescentes como ella, pero del sexo contrario, decía malas palabras que iba aprendiendo en la ruta, se sentaba en el suelo dejándose caer, flexionando las rodillas hacia los lados, como los apaches de las películas que había visto en su pueblo.

Nadie podía saber que era una mujer. Y mucho menos, una mujer sola y enloquecida que iba caminando por la selva, rodeada de tábanos y serpientes que salían de vez en cuando debajo de la hojarasca, para cumplir el sueño de su madre muerta.

Porque, si lo pensaba bien, ni siquiera era su sueño.

Nada de rascacielos y hamburguesas y tiendas de ropa, nada de *freeways* y empleos donde pagaban (sin papeles) casi ocho dólares la hora; ella tan solo quería una parcela con ovejas, un trozo de tierra para arar, una casita con macetas en las ventanas, y a Aurelio; sobre todo, quería a Aurelio.

Y todo le había sido arrebatado violentamente por el fuego.

Cuando nadie la veía, metía la mano en la mochila y palpaba el libro de cuentos, y la rosa de plástico; lo único que le quedaba de su otra vida, una donde era princesa, sirena, el amor de la vida de otro.

Cuando vio de lejos por primera vez a *La Bestia*, ya en suelo mexicano, se quedó muda, inmóvil durante un largo rato.

Intentó contar los vagones que jalaba esa poderosa máquina. Y perdió la cuenta en el número cuarenta y tres. Era inmensa, peligrosa, y por lo que todos le habían contado en el camino, también era maligna.

Durante tres días vio cómo subían los demás a los vagones.

En una subida, la máquina perdía fuerza, bajaba la velocidad. Los *pollos* corrían a su lado y trepaban sosteniéndose de uno de los pasamanos de hierro, luego volaban al interior del monstruo, literalmente engullidos por toneladas de madera y metal y ruedas que no paraban.

Algunos no lo lograban.

Caían a un lado de las vías, si tenían suerte, y se estrellaban violentamente contra los guijarros. Pero también había quienes no tenían suerte y, perdiendo el equilibrio, dejaban un brazo, las piernas y hasta la cabeza entre las ruedas de metal. Algunos no perdían una extremidad, sino la vida.

Había pocos chances de trepar a lomos del monstruo.

Anabella lo vio y midió la distancia.

Y empezó a correr antes de que se pusiera a su lado.

Frenéticamente, los vagones comenzaron a pasar a su lado, y ella no encontraba por ninguna parte los asideros que había visto tantas veces.

Lo que encontró fue una mano que tiró de ella agarrándola de la mochila y la subió al tren, en volandas, como si fuera un niño pequeño que se escapara de los brazos de su madre en el parque.

El hombre tenía un bigote ralo y una gorra de una compañía de tractores descolorida en la cabeza, un pantalón de carpintero que alguna vez fue azul, y sobre el pecho una imagen de un santo que ella no había visto nunca.

—Suba pues —le dijo.

Ella le dio las gracias, sofocada, y se fue hacia el techo del vagón.

Nunca lo volvió a ver. Le hubiera querido decir un montón de palabras de agradecimiento.

Arriba, con el aire fresco del amanecer pegándole en la cara, todo ese día, pensó que ese hombre no era un *pollo*, un migrante como ella y como las decenas de otros que se apiñaban sobre el techo del tren.

Otro ángel del camino.

Eso.

Un ángel de la guarda, dulce compañía…

X

En el vagón a oscuras aparecieron dos nuevos puntos de luz. Dos fumadores más, los cancerberos que cuidan las puertas del infierno.

Sintió que algo le rozaba la pierna y se levantó como un gato. Con la navaja en la mano, apuntando a la oscuridad.

Anabella sentía que el alma se le iba por las grietas de la madera hacia los durmientes que pasaban debajo a toda velocidad.

Eran tres. Estaba perdida. Había oído tantas cosas acerca de mujeres violadas y asesinadas a lo largo de la vía que optó, casi sin pensarlo, por el ataque. Eso era mucho mejor que lo que vendría.

Esgrimió la navaja con el brazo extendido, lanzando un par de golpes a ciegas, mientras con la otra mano se puso la mochila en el pecho para ser usada como escudo.

Gritó lo más fuerte que pudo, sacando palabras de su mente aterrorizada y vacía.

—¡Cojudos! ¡Aquí se van a morir!

Y la voz que salió de su garganta no fue la del jovencito que quería que todos creyeran que era, sino la de la princesa. Una chica de dieciséis años, muerta de miedo, que estaría dispuesta a todo para salvar la vida.

Escuchó un quejido que se perdió entre el ruido del tren que iba a toda marcha.

Tal vez le dio a uno. Los puntos de los cigarrillos encendidos habían desaparecido. Ahora no tenía ni idea de dónde estaban.

Pasaron unos segundos.

Un par de brazos salidos de la noche la tomaron por la espalda, de la cintura, como si fuera un pez que quisiera escaparse de la lancha donde acaba de ser pescado.

Gritó de nuevo. Los brazos la atenazaron con enorme fuerza y la elevaron por el aire.

Sin dudarlo, clavó la navaja en esas manos que le cortaban la respiración, con un golpe seco y certero.

—¡Mierda! —escuchó a sus espaldas. Las manos se retiraron y se llevaron con ellas, encajada en algún sitio, su navaja.

Ahora estaba desarmada. No iba a durar. Esperaba que fuera rápido, que no doliera, que pasara algo milagroso que la sacara de esa pesadilla.

Si, como dicen, cuando estás a punto de morir, toda tu vida pasa frente a tus ojos, en este caso no fue así. Tan solo sintió el agua fría de la laguna de su pueblo recorriéndole la espalda, la voz de su madre diciendo «unodosunodosunodos», la mano tibia de Aurelio sobre su mano en el banco del parque, el sabor de un helado de guayaba. Fragmentos de una vida. Un trozo apenas, un jirón.

La tormenta había cedido por fin. Tanteando en la oscuridad, apuntando con la mochila hacia la nada con el brazo extendido, repartiendo manotazos silbantes que no daban en ningún sitio, Anabella fue acercándose hacia donde debía de estar la puerta del vagón. Y empujó con la espalda con todas sus fuerzas.

Después de lo que pareció una eternidad, cedió. Se abrió chillando como una rata gigante.

La luna que comenzaba a salir entre las nubes iluminó el vagón.

Los tres mareros estaban haciendo un semicírculo a su alrededor.

Era el fin.

Caer en medio de la noche, de espaldas sobre las piedras, o enfrentarlos.

Y entonces pasó lo que pasó.

Un rugido.

Los mareros, desconcertados, miraron a sus espaldas.

Y los envolvió un remolino de golpes y patadas. Un hombre inmenso, salido de las sombras, como en un cuento de hadas, cayó sobre ellos con la furia de un animal, una bestia mítica que multiplicaba sus puños y sus pies a una velocidad vertiginosa.

Anabella se hizo a un lado.

La voz del que los atacaba gritaba con fuerza toda clase de improperios. De repente ella creyó oír su nombre.

Eso era imposible.

En ese tren, en ese viaje, en esa nueva vida se llamaba Martín. No Anabella.

Pero el enorme personaje salido de la nada volvió a decirlo a voz en cuello: «¡Bella!», mientras lanzaba golpes como una máquina. Como si le fuera la vida en ello.

Y reconoció la voz, salida de la muerte, traída a la Tierra y hasta las entrañas de este lugar terrible para salvarla.

Aurelio.

Su cabeza negaba lo evidente. No podía ser él. Había muerto en aquel incendio. Era polvo, cenizas, nada…

Y Anabella no creía en fantasmas. Mucho menos en fantasmas que con una fuerza descomunal iban rompiendo quijadas.

Duró largo rato la refriega. Uno por uno, los mareros fueron lanzados sin miramientos desde el tren en marcha. Volando por la puerta abierta con destino a la nada. Engullidos por la oscuridad.

Y luego el gigantón cayó al suelo. Agotado.

Respiraba penosamente, boca abajo, como si hubiera usado todas sus fuerzas.

Un hilillo de sangre salía de debajo de su corpachón, como un riachuelo, impregnando la madera aceitosa.

Ella no se acercaba. Permanecía junto a la puerta abierta, lista para saltar.

Vio un letrero iluminado por una solitaria bombilla a la vera del camino. Un pueblo llamado Comala.

Poco a poco, el gigante fue recuperando el compás de su respiración y comenzó a incorporarse lentamente.

Ella se aferró a la puerta. El tren había bajado la velocidad. Tal vez se detendría. Iba a saltar.

—Anabella —dijo en un susurro.

Una voz que venía desde el fondo de los tiempos. La voz de Aurelio. Ahora sí, clara como la primera vez que le escuchó decir su nombre. Como la primera vez que le escuchó leyendo un poema en la escuela.

Pero no estaba del todo segura. Temblaba. En *La Bestia* podías esperar cualquier cosa, incluso que un animal gigante pareciera ser lo que no era.

Un remolino de ideas cruzaba su frente. Tenía que tomar una rápida decisión. Saber de cierto lo que a todas luces parecía imposible. Un rayo de luz se hizo en su mente.

—¿Qué tengo en mi mochila? —le dijo llorando, todavía en la puerta del vagón, lista para saltar hacia la nada.

El hombre se fue girando lentamente. Tenía la cara completamente desfigurada. Un amasijo de carne blancuzca que contrastaba con los brazos fuertes y morenos.

—Una rosa de plástico. Un libro de cuentos. Soy yo, sirena. —Y esbozó una sonrisa que llevaba en ella condensada todas las sonrisas del mundo.

Era él. Sin duda. Lo que quedaba de él. El amor de su vida. Lo abrazó con tal fuerza que el hoy enorme hombre que había salido del fuego para salvarle la vida emitió un quejido.

El tren se detuvo completamente y ella lo ayudó a bajar del vagón. Necesitaban un médico. Llevaba un navajazo en un costado.

Al amanecer, en una clínica pequeña de ese pueblo llamado Comala, acostado en una camilla, recién suturado, pudo verlo a plenitud bajo una luz poderosa de neón.

No tenía cejas. La cara era un amasijo de cicatrices y le faltaba la punta de la nariz.

Había salido de la casa en llamas después de intentar rescatar a sus padres y a su hermano. Con quemaduras de tercer grado en la cabeza y las piernas, llegó como pudo hasta un pueblo cercano y de allí fue trasladado a la capital. Llevaba consigo, metidos en un pañuelo, todos los ahorros de la familia, y con ellos pudo pagar las facturas del hospital y comenzar de nuevo, gracias a su médico, como jardinero en un campo deportivo de ricos.

En el momento en que sanó, desde el instante en que dejó de escocerle la carne viva que alguna vez había sido su rostro, dos años después del accidente, empacó sus escasas pertenencias y se fue a buscar a Anabella a El Cajón. Porque en cada respiración estaba la sirena; en cada amanecer, su sonrisa; en cada sutura, su libro de cuentos y su rosa de plástico. Muchas veces pensó en escribirle, en llamar por teléfono a la iglesia del pueblo para dar con ella. Pero se miraba al espejo y, horrorizado, estaba seguro de que no había futuro para ellos.

Soñaba con el encuentro. Y temía el momento en que ella girara la cara asqueada ante el amasijo tumefacto que ahora tenía por cara.

Así que, rumiando su soledad y su tristeza, cortaba el césped, quitaba hojas secas, trasplantaba flores que iba regando todos los días con sus lágrimas.

Al pasar por una librería en el centro, vio en el escaparate el mismo libro de cuentos de hadas que Anabella guardaba como un verdadero tesoro y recordó las muchas veces en que ella le dijo que algún día él sería ese príncipe que salía en las ilustraciones y que la rescataría de la vida dura que le había tocado en suerte.

Un príncipe desfigurado.

Un príncipe en desgracia.

Un príncipe sin reino, ni caballo, ni espada.

Pero al final un príncipe, le pesara a quien pesase. Dueño de su fuerza y destino. Un hombre bueno y digno detrás de una máscara terrible.

Empacó sus cuatro cosas y tomó un autobús hacia El Cajón.

Mata más la incertidumbre que el rechazo.

Quería saber si había alguna posibilidad para poder tener la vida que habían soñado juntos tantas veces, a pesar de las apariencias.

Cuando llegó a El Cajón, recibió la noticia de que

Anabella se había marchado una semana antes hacia la frontera.

Nadie lo reconoció, y él no quiso ser reconocido. Durante las largas horas de recuperación en ese hospital de Tegucigalpa, entre la inconsciencia y los dolores, recordó como si fuera una pesadilla el momento en que comenzó el incendio.

Uno de los gatos había tirado una vela del altar de la Virgen sobre su manto; lo demás sucedió en un abrir y cerrar de ojos. El infierno. Nadie había atentado contra ellos, fue un estúpido accidente que acabó con toda la familia.

Llevaba ya doce días recorriendo *La Bestia* de arriba abajo. Conociendo sus más íntimos secretos, buscando en cada cara la cara de Anabella, en cada perfume su perfume.

Y lo que encontró todo ese tiempo fue violencia y maltrato, y animales peores que los animales, y bestias que vivían en las entrañas de *La Bestia*.

Ya se había dado por vencido.

Dormía en ese vagón, acurrucado en una esquina cuando oyó su grito.

Pensó que era un sueño. *Su* princesa.

La chica lo miró a los ojos. Y vio en ellos todo lo dulce y puro y bueno que había pasado en su vida.

Debajo de esa masa informe, estaba Aurelio. Seguía estando allí.

Puso en sus manos el libro de cuentos y la rosa de plástico.

Le juró que nunca más volverían a separarse.

Habían sobrevivido a las fauces de *La Bestia*.

Se besaron. Un par de enfermeras mexicanas aplaudieron.

Al día siguiente, en un autobús, emprendieron el camino de regreso, tomados de la mano. Apretando con tal fuerza que dolía.

Anabella no lo volvería a soltar. No todos los días regresa el amor de tu vida de la muerte para salvarte.

Como en un cuento de hadas.

Con los cinco mil dólares podrían comprar una parcela grande, y ovejas, y macetas para las ventanas de la casita. Y tendrían hijos que nadarían en el río o en la laguna y que aprenderían poemas de Darío. Y verían qué alto y fuerte y guapo era su padre. Porque había que mirar hacia dentro, hacia su alma, hacia su corazón. Y tendrían por fuerza que sentirse orgullosos.

Y pondrían la rosa de plástico en un lugar especial, para verla todos los días y recordar que los sueños, como todos sabemos, se sueñan dentro de nuestra cabeza, y se cumplen allí donde te encuentras.

El truco es agarrarlos por la cola y no dejarlos ir, cueste lo que cueste.

Por más bestias que se interpongan en tu camino.

AL CRUZAR EL JARDÍN

JAVIER RUESCAS

Para María,
con mucho cariño —
¡Que tu belleza interior
jamás se apague!

AL CRUZAR EL JARDÍN

JAVIER RUESCAS

Las normas son sencillas y las conoces bien: no debes abandonar nunca las murallas del castillo. Que no te vean. Que no sepan que estás ahí; que existes. Y si lo descubren, no dejes que lo cuenten.

Las has memorizado desde pequeño; las tienes grabadas en el alma, a fuego.

Sí, son sencillas. O al menos lo eran hasta que apareció ella.

Desde entonces, lo sencillo se ha vuelto complicado y ahora te preguntas qué hay más allá. Por qué tus padres nunca te dejaron salir. De qué te protegían. Qué temían. Qué ocultaban. Y por qué, si ellos siguieron sus propias normas al pie de la letra, acabaron muertos igualmente.

De tu madre no guardas más recuerdo que el retrato que hay en el salón y las historias de Padre. De él, el miedo a desobedecer, su olor a pipa incluso cuando no estaba fumando y sus gritos en la noche cuando le desvelaban las pesadillas.

También las noches en vela cuidándole cuando enfermó el invierno pasado, los delirios de la fiebre y los continuos baños de agua tibia que no sirvieron para nada. ¿Fue una pulmonía lo que le mató o tu incompetencia? No tener a nadie que pueda responder a esta pregunta es lo que más te pesa.

Ahora estás solo, aunque no tienes tiempo para aburrirte. El caserón es grande; un castillo en miniatura. Y el jardín que lo rodea es suficientemente amplio como para tener varios huertos y un establo con dos vacas, tres gallinas y dos cerdos. Por lo que a ti respecta, el mundo, tu mundo, se reduce a esto. Y nunca has querido descubrir lo que hay más allá de las murallas, ni tampoco que te descubra a ti.

Hasta ahora.

Ya la has visto más veces. La primera, desde la ventana del torreón del ala oeste. Padre te tenía prohibido subir allí, mucho más asomarte entre los tablones que tapiaban el cristal. Pero él se ha ido, y la curiosidad se ha vuelto indomable, libre de su severa mirada. Por eso le desobedeciste. Justo aquel día, como si él, desde el más allá, lo hubiera orquestado todo para poderte decir más tarde «Te lo advertí», de haber estado vivo.

Al principio creíste que se trataba de un cervatillo. Por cómo se agitaba la maleza más allá de los muros, por los destellos cobrizos entre el espesor verde. No es habitual ver algo más que las aves que anidan en los árboles colindantes, y por eso te quedaste inmóvil, conteniendo la respiración, temeroso de poder espantarlo a pesar de la distancia que os separaba. Después viste cómo se alzaba y te preguntaste si acaso era un oso.

No fue hasta que abandonó la protección del bosque y caminó hasta el borde del foso que precede al muro cuando comprendiste que se trataba de una mujer. No, una chica. Una joven de cabello tan rojo como solo habías visto en las llamas de la hoguera y en la sangre de los animales sacrificados. Tu corazón te dio un vuelco y sentiste un repentino escalofrío. ¿Estarías alucinando?

Se movía con sigilo, comprobando previamente cada movimiento antes de dar el siguiente paso. Aunque llevaba un vestido azul de tirantes rasgado a la altura del muslo y una camisola sucia debajo, te recordó a una princesa de cuento. Quizá por la melena que le caía en tirabuzones por la espalda, por el rubor de las mejillas o por sus ojos atentos que escudriñaban con atención todo; tal vez por cómo parecía tener potestad sobre cada pedazo de tierra que pisaba.

Estás seguro de que no hiciste un solo movimiento, pero aun así sintió tu presencia igual que si hubieras silbado para llamar su atención. Antes de que pudieras apartarte de la ventana, sus ojos se clavaron en los tuyos, y solo la escasa probabilidad de que no te hubiera visto fue lo que evitó que te mearas del susto.

¿Era ella uno de los peligros de los que Padre te había advertido? ¿Podía tratarse de la razón por la que te estaba prohibido abandonar los muros de tu castillo? ¿Sería una bruja o una bestia cubierta con la piel de una joven para engañarte?

Cuando te asomaste de nuevo, esta vez en cuclillas y sin atreverte a elevar los ojos más allá del alfeizar, descubriste que había desaparecido sin dejar rastro.

Esa noche no dormiste. Hiciste guardia hasta el amanecer, desvelado por las preguntas sin respuesta que bullían en tu cabeza, pero no regresó. Poco a poco la rutina sosegó tu curiosidad hasta convencerte incluso de que lo habías imaginado todo.

Quizá por eso la segunda vez que la viste, el susto fue aún mayor y tu primer impulso fue correr a por la ballesta que Padre guardaba en su destartalado despacho, dispuesto a acabar con la amenaza del exterior. Qué te contuvo de liberar la flecha es algo que aún, a día de hoy, ignoras. ¿El peligro de que pudieras alertar a otros y descubrieran la posición del castillo, a lo mejor? ¿La aprensión de acabar con la única amenaza real que habías conocido en toda tu vida y el miedo a que no existieran más?

¿O quizá fue descubrir que los iris de sus ojos, bajo la luz de la luna, eran tan verdes como los del retrato de tu madre?

En cualquier caso, bastó con que ella intuyera que no pensabas disparar para huir como una gacela a través del jardín y saltar el muro, de regreso al bosque.

Te habían descubierto, comprendiste mientras dejabas caer el arma al suelo.

Ya no estabas seguro allí dentro. El muro no parecía haber sido suficientemente alto ni el foso suficientemente profundo. ¿Acaso todas las promesas de Padre habían muerto con él?

Una vez más te preguntaste por qué habías dejado que escapara.

Y esta vez el miedo y la ira que sentiste al no obtener respuesta te hicieron arremeter contra todo lo que había a tu alrededor. Muebles, cortinas, vajillas. El suelo se llenó de cristales, astillas y prendas rasgadas.

Eras un león enjaulado, un león temeroso y salvaje. Padre siempre intentó gobernarte, ponerte límites, correas hechas con palabras y amenazas y advertencias,

¿y para qué? Con cada nuevo augurio, más miedo insuflaba en ti y la rabia más crecía.

De nada te había servido gritarle y suplicarle que te dejara salir, que te contara por qué no podíais cruzar el muro ni encender la chimenea las noches de luna llena. Quién temía que pudiera advertir la humareda saliendo de los tejados. Pero él ya no te lo dirá. En la parte más alejada del jardín, junto a sus promesas y su cuerpo, también enterraste la verdad.

La tercera vez que apareció, estabas preparado.

Habías colocado un sencillo sistema de trampas por todo el perímetro del jardín. Esperaste días. Semanas. Pero no te desanimaste. Y el día que regresó, sentiste recompensada tu paciencia. Cuando escuchaste el estruendo de las campanitas, saliste del castillo sin tan siquiera calzarte, vestido únicamente con unos pantalones y el pelo largo y enmarañado aún empapado del baño que acababas de darte.

La fosa en la que había caído ella no era profunda. Se había rasgado la ropa con las ramas que habían ocultado el agujero, pero no parecía haber rastro de sangre en ellas. La chica te miraba sin comprender, en silencio. Había dejado de parecerte una fiera y ahora te recordaba el ternero que había muerto durante el invierno, una semana más tarde que Padre.

No intentó huir. Incluso te hizo sentir que el arma con la que la apuntabas era innecesaria, pero aun así no la bajaste. La ayudaste a salir y le ordenaste que no hiciera ningún movimiento brusco. Lo hiciste sin saber siquiera si hablaba tu idioma. Pero ella obedeció con diligencia. El vestido se le había desgarrado por la espalda y tenía varias ramas enganchadas en las mangas sucias de la camisa, pero no cojeaba ni parecía lastimada. La registraste entera y le quitaste el anillo que llevaba en el dedo índice. Con un gesto, la obligaste a que te entregara también la bolsa de tela que colgaba de sus hombros. Después echó a andar delante de ti con su cabello largo y rojo zarandeándose en su espalda y la condujiste con paso firme hasta el castillo. Una vez dentro, cerraste el portón y la guiaste escaleras abajo hasta la celda del sótano que Padre había dispuesto por si llegaba el caso de utilizarla.

En ella no había más que un camastro, una pila con agua proveniente del pozo y un desagüe en el suelo para hacer las necesidades. La chica se detuvo antes de entrar.

—¡Avanza! —le ordenaste.

Pero ella se resistió entre gruñidos hasta que, de un empellón, lograste meterla y cerraste la puerta antes de que pudiera abalanzarse sobre ella.

Te alejaste varios pasos con la respiración acelerada mientras la chica te preguntaba con la mirada: «¿Y ahora qué?».

Como no tenías la respuesta, te limitaste a apartar los ojos y a subir de nuevo al salón. Allí te derrumbaste sobre el sillón orejero con el corazón tamborileándote con fuerza en el pecho y los oídos.

¿Habías atrapado a la pesadilla de Padre? ¿Sería seguro por fin abandonar el castillo? ¿Y si venían a buscarla?

Aunque, si aún no había venido nadie, tal vez estuviera tan sola como tú.

No. Como tú, no. Porque ella tenía respuestas. Ella conocía lo que había más allá de la primera línea de árboles que ocultaban tu guarida.

Esperas hasta el amanecer para volver a bajar al sótano. Y a pesar de los primeros rayos de sol que rajan la oscuridad, cuando lo haces tienes miedo. ¿Y si no está?

¿Y si ha huido? ¿Y si todo lo ocurrido el día anterior no fue más que un sueño?

Los últimos escalones los salvas de un salto, con premura. Y solo te relajas cuando ves que sigue allí, hecha un ovillo en una esquina del camastro, abrazándose el pecho. Es un palmo más baja que tú y tan delgada que no sabes cómo ha podido sobrevivir en el exterior todo ese tiempo. No tiembla ni llora, pero sus ojos grandes y claros te observan con aturdimiento, como la noche anterior, y algo se rompe dentro de ti.

Del bolsillo sacas la manzana que has arrancado esta misma mañana del árbol del jardín. Después, con tiento, como quien se acerca a la jaula de un animal salvaje, avanzas hasta quedarte delante de los barrotes y aguardas con la fruta entre los dedos, intentando que el temblor de las manos no desvele el miedo que sientes.

Ella se mantiene inmóvil. Parpadea con la cabeza ladeada mientras su respiración se va calmando poco a poco. Es la primera mujer que ves en tu vida, o al menos que tú recuerdes.

—De… debes comer —dices, pero la voz te sale rasgada y lo repites con más energía—. Debes comer.

Ella te analiza de tal forma que te hace sentir incómodo, pero te mantienes inmóvil. Pero poco a poco se va desplegando hasta que se pone de pie y camina lentamente hacia ti. Su mano no tiembla cuando la acerca a la manzana, y lo hace sin apartar su mirada de la tuya.

Recorta los centímetros que separan vuestras manos y una de sus yemas te roza la piel cuando te la quita.

Está helada, adviertes. Y por el modo en el que suspira al morder la manzana, también hambrienta. Pero es tu prisionera, ¿y acaso no es así como Padre te dijo que debías actuar en caso de que surgiera una amenaza?

«Si alguien viene, enciérrale. Oblígale a hablar. Y cuando le hayas arrancado toda la información, acaba con él y no dejes rastro o vendrán más. No confíes en nada ni en nadie.»

Pero ella parece tan sola como tú. No se asemeja a lo que Padre te había descrito. Es obediente, silenciosa. Está asustada. ¿Cómo puede la amenaza estar asustada? ¿Por qué con sus ojos te hace sentir a ti la bestia?

—¿Tienes nombre? —preguntas.

Parece que hubiera olvidado tu presencia mientras comía, pero una vez más te observa como un conejillo asustado.

—Yo… me llamo Alainn —añades, y te señalas el pecho. A continuación diriges el dedo hacia ella—. ¿Y tú?

Ha dejado de masticar, pero no parece que tenga intención de responderte. A lo mejor ni siquiera te comprende y el día anterior te obedeció por el miedo que le imponía el arma.

Aguardas unos segundos más, pero al final te das media vuelta, turbado. Con la sensación de estar haciendo el ridículo, de estar fracasando estrepitosamente en todas las pruebas que el destino te está poniendo y para las que Padre te preparó a conciencia.

—Volveré a traerte algo más a la hora de la comida —añades mientras te diriges a la escalera.

Y es entonces, en el momento en que comienzas a subir los escalones, cuando escuchas su voz, tan débil como la caricia de un retal de seda.

—Fiara.

Crees haberlo imaginado, pero cuando te vuelves, ella te observa, sujeta a los barrotes de su celda. Habla tu idioma. Te ha entendido. Y, además, ha respondido. Los nervios regresan y comprendes que lo mejor que puedes hacer, antes de dejarte arrastrar por un impulso, es abandonar ese lugar lo más rápido posible y pensar. Pensar en cómo proceder, en lo que tantas veces te dijo Padre, en lo que deberías hacer con ella a continuación.

No te das cuenta de que has estado conteniendo la respiración hasta que cierras la puerta del sótano, te dejas caer de espaldas contra ella y te cubres el rostro con las manos.

Apenas comes nada ese día. Aunque te paseas por el jardín y los pisos superiores, tu cabeza se mantiene anclada en el sótano y al final decides revisar las pertenencias de la chica. Cuando la encontraste, solo llevaba encima un anillo con una semiesfera de cristal engarzada, un curioso espejo negro sin mango, una cuerda con la que debió de ayudarse para escalar el muro y una navaja. Cuando terminas, lo vuelves a guardar todo y optas por lo más sensato: preparar un listado con las preguntas que quieres hacerle. Ella probablemente intentará que pierdas la atención, pero no debes dejar que eso suceda. No, si quieres averiguar qué hay más allá del jardín.

Cuando las tienes listas, vuelves a bajar. Afuera, el sol del ocaso tiñe las hojas de los árboles de un naranja tan intenso que parecen envueltas en llamas.

La chica, Fiara, se encuentra tumbada en el camastro, con la mirada clavada en el techo.

—Necesito que contestes a unas preguntas —le dices.

—¿Por qué estoy aquí?

Su tono de voz es el que tú deberías haber utilizado con ella. Tan directo y exigente que no puedes evitar responderle, aunque sepas que estás invirtiendo los papeles.

—Eres mi prisionera.

—¿Por qué motivo?

—Cruzaste el foso y saltaste el muro. —Esperas alguna respuesta por su parte, pero se limita a encogerse de hombros, como si no le diera importancia, y tú añades—: Este es mi hogar, ¿lo entiendes? Y no te liberaré hasta que esté seguro de que no supones una amenaza.

—Ah, entonces existe la posibilidad de que me dejes marchar.

No queda rastro de la chica asustada que habías dejado la noche anterior. ¿Lo has provocado tú? Tardas en contestar, y cuando lo haces, tu voz suena algo débil.

—Una muy pequeña.

Parece que ella ha quedado satisfecha con tus respuestas y que te cede el turno, algo que te enfurece aún más.

—¿Quién eres y qué hacías en mi jardín?

—Conoces las respuestas a ambas preguntas. ¿Por qué las repites?

—¡Contesta! —tu grito la sobresalta, pero se mantiene inmóvil sobre el esmirriado colchón.

—Mi nombre es Fiara —dice— y estaba en tu jardín porque crucé el muro.

—¿Te burlas de mí?

—No. Respondo a tus preguntas. ¿Hay más?

—Pues claro que… —Revisas el papel en el que las has garabateado antes de añadir—: ¿De dónde vienes?

—De más allá de tu muro.

—¡Eso ya lo sé!

—Entonces ¿por qué me lo preguntas de nuevo?

Piensas que es absurdo. Que se está riendo de ti.

—Podría matarte ahora mismo —amenazas.

—Lo sé. Pero aún no lo has hecho y me intriga saber por qué.

«¿Que le intriga…?» Esta vez sientes que te sonrojas.

—Dime qué hay más allá del foso.

—Árboles.

—¿Y después?

—Más árboles.

Aprietas los puños hasta clavarte las uñas en las palmas.

—¿Y… después? —insistes entre dientes.

—Más árboles.

El golpetazo de tus puños contra los barrotes te hace daño, pero la rabia en tu interior es demasiado intensa como para darte cuenta.

—El hambre te quitará las ganas de reírte de mí —dices y, sin darle tiempo a responder, te vuelves y subes de tres en tres los escalones de vuelta a la superficie.

Al llegar, cierras de un portazo y te encaminas al jardín, dispuesto a cubrir cada palmo de muro con tantas trampas y espinos que nadie pueda cruzar para entrar… ni tampoco para salir.

Te vas temprano a dormir, pero a pesar del agotamiento, no descansas. El sueño es interrumpido, con imágenes extrañas, gritos imaginados, sombras que se enrollan en las ramas de los árboles, que suben desde el foso, que se arrastran por el muro, que escalan las paredes y que tratan de ahogarte.

Despiertas con tu propio alarido, empapado en sudor a pesar de estar desnudo. El dosel de la cama está rasgado. Cada mañana juras quitarlo, pero cada noche te encuentras rememorando cómo jugabas enrollándote en él cuando no eras más que un niño, y eres incapaz de hacerlo. Padre te contó que lo puso tu madre cuando naciste, que estaba hecho con gotas de rocío para protegeros de las criaturas más allá del jardín. Está claro que nada podía hacer contra las que vivían ya dentro.

La echas de menos, quizá porque nunca la conociste. Cuando Padre se enfadaba y te gritaba, el recuerdo imaginado de tu madre era lo único que lograba consolarte. Inventaste su voz, inventaste sus nanas, incluso su aroma. Eran mentiras que te gustaba creer y que te ayudaban a superar la verdad del mundo en el que te había tocado vivir. Era un hada. Una hechicera. Se había vuelto invisible para todos, menos para ti. Y todo se volvió un poco más real, un poco más aceptable, cuando encontraste su diario.

En noches como esta en las que te desvelas, sales de la cama y abres la puerta del armario con el espejo.

Ahí, enterrado debajo de todas las prendas que guardaba Padre, hay un tablón suelto que un día, jugando a esconderte dentro, arrancaste sin querer.

El diario estaba detrás.

Está encuadernado en piel y las hojas son de pergamino. La caligrafía de tu madre es tan delicada como el vaivén de la caída de un pétalo de rosa. O solo lo piensas porque una vez Padre te contó que los rosales que cubren el jardín fueron plantados por ella, por tu madre. En cualquier caso, es una letra bonita escrita con tinta negra. La conoces de memoria, tanto que incluso has conseguido imitarla a la perfección y la has hecho tuya.

Una manera más de que forme parte de ti.

La primera vez que leíste el diario lo hiciste con premura, tratando de encontrar respuestas a tus preguntas. Respuestas que tu padre no estaba dispuesto a ofrecerte. Pero pronto te diste cuenta de que lo único que tenía de diario aquel cuaderno eran las fechas que precedían cada entrada. Lo demás eran cuentos y fantasías sin más sentido que el que la imaginación del lector podía ofrecerles.

En ellos hablaba de reinos lejanos, con reyes egoístas y déspotas que no escuchaban las advertencias de sus súbditos. Reyes holgazanes que buscaban la perfección y que trataban como esclavos a quienes les servían fielmente para cumplir sus deseos. Las riquezas que tenían no eran nunca suficientes y siempre buscaban más, enemistándose con todos los países vecinos, tratando de robarles sus territorios y a su gente.

Las vidas de sus soldados no significaban nada para ellos y las malgastaban como puñados de arena en una playa. Tanto era así que al final los soldados se acabaron extinguiendo.

Nadie quería pelear más. Las tierras estaban arrasadas, regadas por sangre más que por agua. Pero eso no hizo que la ambición de los reyes disminuyera, al contrario. Se desesperaban por encontrar más lugares en los que plantar sus banderas y obligaron a los más jóvenes a luchar, y también a los enfermos, a las mujeres y a los ancianos. Les daba igual.

Fue entonces cuando sus súbditos encontraron la respuesta a sus plegarias en sus propias creaciones. Dieron vida a los juguetes con poderosos hechizos. A los relojes de cuco, a las cajas de música. Y les pidieron que acabaran con los reyes que hasta aquel momento habían jugado con sus vidas. Y así los derrocaron. Pero la ambición corre por la sangre de todos los hombres, y cuando los niños se hicieron adultos, la codicia y la absurda necesidad de gobernar lo que no es de nadie enraizó en ellos y se alzaron con los juguetes como armas. Armas tan sofisticadas que incluso olvidaron los conjuros para controlarlas y al final se volvieron contra ellos…

Siempre que lees el cuaderno lo haces de principio a fin. Hasta las últimas palabras escritas por tu madre:

«Para que se los cuentes a Alainn cuando pueda entender».

—Ya puedo entender, mamá —le dices al diario, como si fuera una ventana hacia tu madre. Te acurrucas en la cama de nuevo. Con el cuaderno entre los brazos mientras el sueño va regresando poco a poco—. Pero no lo entiendo… No lo entiendo…

Quizá sea por haber releído el diario la noche anterior o quizá porque te has dado cuenta de que, en esas condiciones, la chica no hablará, que ahora sabes que estás perdiendo el tiempo y no sabes de cuánto dispones. Así pues, decides regresar al sótano a la mañana siguiente con un nuevo plan en mente.

—Si te dejo salir, ¿me atacarás?

—Esa pregunta admite demasiadas variables como para responderte con sinceridad, e imagino que eso es lo que quieres…

Lo ha vuelto a hacer. Con una sola frase barre toda tu paciencia. Es una mala idea. No merece la pena el riesgo, comprendes. Y estás a punto de dejarla sola de nuevo cuando añade:

—Soy la misma que ayer, ¿qué he hecho para merecer la libertad?

—¿No la quieres? —replicas.

—Por supuesto, pero permíteme que dude de tus intenciones.

—¿Mis... intenciones?

—Lo único que digo es que ayer estabas dispuesto a dejarme morir de hambre y hoy...

—¡Olvídalo! —exclamas, y te das la vuelta para marcharte—. Sabía que no era buena idea...

Pero basta el gesto para que ella añada:

—Si tú no me haces daño a mí, yo tampoco te lo haré a ti.

Sus palabras te inquietan y dudas aún más de que sea buena idea, pero la parte en tu interior que te implora que le des una oportunidad y que encuentres el modo de hablar con ella es más fuerte.

—Sigues siendo mi prisionera —le adviertes—, y no dudaré en apuñalarte si intentas algo. Pero creo que estarás más cómoda en las estancias superiores. He puesto trampas por todo el jardín; si intentas cualquier cosa extraña, te cazaré como a un venado.

—No lo haré —dice, y se levanta. A continuación se estira la falda sucia y arrugada y se acerca a la puerta de barrotes.

Las llaves tintinean en tus manos cuando sacas el manojo y, lentamente, introduces la correspondiente en la cerradura. El gruñido del metal te hace pensar que quizá no sea tan buena idea, pero en eso te pareces mucho a tu padre: cuando tomas una decisión, la llevas a cabo hasta sus últimas consecuencias.

Los primeros segundos te mantienes tenso, listo para defenderte si se le ocurre atacar. Eres muy consciente del peso del puñal en la parte trasera de tu pantalón, pero tienes la esperanza de no tener que utilizarlo. Cuando pasa a tu lado, os miráis en silencio, conteniendo ambos la respiración. Pero una vez fuera, como ha prometido, no intenta nada. Coloca sus manos delante de la falda y se las sujeta mientras aguarda tu siguiente orden.

—Sube delante de mí —le indicas, y ella obedece.

Despacio, ascendéis por la escalera mientras los peldaños crujen bajo el peso de cada una de vuestras pisadas.

Una vez arriba, le señalas otro tramo de escaleras para que se dirija a ellas, pero esta vez Fiara se detiene unos segundos a contemplar el salón con un silencio reverencial. No hay más luz que la que se filtra por las cortinas rasgadas. Todo está igual que cuando tu padre vivía, pero con más polvo y más telarañas. Para ti no hay nada que destaque, pero para ella…

—¿Son… de verdad?

Al principio no sabes a qué se refiere y el miedo a que sea una treta te hace sacar el arma y apuntarle con ella.

—Te he pedido que no te detengas. Avanza.

Ella se plantea replicar, pero al final guarda silencio y cruza la enorme estancia para subir al segundo piso. Una vez allí, le indicas que debe avanzar hasta la puerta del fondo del pasillo. Tras ella se encuentra tu antiguo cuarto, el que usabas hasta que te quedaste solo. Algo en tu interior se revuelve por dejar a una desconocida en un lugar que para ti fue durante años el rincón más seguro de todo el castillo. Cuenta con una cama cubierta por sábanas y mantas que has puesto esa misma mañana, una ventana con barrotes que tu padre instaló cuando tú no eras más que un niño, y un aseo privado. También hay un armario en el que cuelgan cuatro vestidos que has sacado del arcón en el que Padre guardó las pertenencias de su esposa.

—Te he calentado agua en la bañera y ahí tienes una pastilla de jabón y una toalla. Tira tu vestido y pruébate los que encontrarás en el armario. Esperaré fuera —añades, pero antes de cerrar, señalas el reloj de mesa que hay sobre el alfeizar de la ventana—: Tienes diez minutos. Si te demoras, entraré.

—¿Y si no quiero… —empieza a replicar ella, para después añadir—: tirar mi vestido?

—Haz lo que te venga en gana —y das un portazo.

—Gracias —la escuchas decir, y parece tan sincera que casi te hace sentir culpable. Casi.

Los primeros minutos aguardas con la oreja pegada a la madera, pero cuando escuchas que se mete en la bañera, comienzas a recorrer el pasillo de un extremo a otro como una bestia ansiosa. ¿Y si trata de romper los barrotes y saltar al jardín? ¿Aguantarían? Son dos pisos, no se arriesgaría a romperse un hueso, ¿o sí?

Vuelves a pegarte a la puerta, pero no escuchas nada. Si estuviera intentando algo, se oiría, ¿verdad? Además, antes de dejarla sola has registrado hasta el último rincón de la habitación y no había nada que pudiera convertir en un arma.

Te obligas a relajarte y te acercas al borde de la escalera para mirar la hora en el reloj del salón. Solo han pasado cuatro minutos. ¿Y si no sale? ¿Y si tienes que dispararle? ¿Podrías soportar la soledad y la incertidumbre ahora que la verdad parece tan cercana?

Pasa otro minuto más.

Y después, otro.

Quedan cuatro.

Tus manos acarician el arma cuando faltan tres.

En ese momento escuchas un ruido en el cuarto y regresas a la puerta en un par de zancadas.

—Dos minutos… —la avisas, tentativo—. ¿Me has oído?

No obtienes respuesta y eso te inquieta aún más.

—¿Me oyes? ¡Contesta! ¿Estás ya lista? —gruñes al tiempo que abres y entras con el arma en alto.

—¡Eh!

La chica solo tiene tiempo de sujetarse el vestido verde que se estaba probando para que no se le caiga al suelo. Pero tú únicamente puedes pensar en que parece otra, con el cabello empapado sobre los hombros, sin rastro de la mugre y con la ropa limpia.

—Lo… lo siento —balbuceas.

—Me quedaba un minuto —apunta, enfadada.

—Eh… sí. Pero no respondías.

—Ayúdame con los botones de la espalda, por fa-

vor —te pide, y tú te sonrojas cuando ella se da la vuelta y deja su espalda al descubierto para que le abroches el vestido.

—Ya está —dices, y te alejas un paso, obligándote a borrar de tu mente el pensamiento de que te hubiera gustado poder acariciarla—. Vamos abajo. He preparado algo para comer.

Regresáis al piso inferior siguiendo el mismo camino, con ella delante. Una vez allí, te arriesgas a no atarle las manos y le pides que se siente en una de las sillas que rodean la pequeña mesa de madera que hay en el centro de la estancia.

Apartas la cacerola en la que borboteaba el potaje que has preparado con las verduras del huerto y lo colocas en la encimera para proceder a servir dos abundantes platos de comida humeante. Uno se lo dejas a ella delante, con una cuchara y un vaso de madera lleno de agua.

—¿Tú no te sientas? —pregunta Fiara.

—No —contestas, tajante.

Te mantienes de pie, apoyado en la encimera, cerca de ella para abalanzarte si decide huir, pero lo suficientemente lejos como para que no pueda tirarte a la cara la comida o lo que se le ocurra.

Coméis en silencio. Para haber pasado dos días ahí abajo sin apenas probar bocado, la ves bastante tranquila, disfrutando cada cucharada sin ansia. Mantiene los ojos clavados en el plato y tú en ella. Cuando terminas, te aclaras la garganta y ella levanta la mirada.

—Sé… que no hemos empezado con buen pie.

—Porque soy tu prisionera.

—Sí… Por el momento sí. Pero si haces lo que te pido, serás libre para moverte por la casa y los jardines, como yo.

—¿Y para salir al exterior?

—No.

—¿No?

¿Por qué nunca tiene suficiente? ¿Por qué siempre tiene que porfiarte?

—Eso… ya lo veremos.

La sospecha oscurece su rostro.

—¿Lo prometes?

Esperas que no advierta que estás mintiendo cuando respondes que sí. Al fin y al cabo, bastaría un descuido tuyo para que intentara cualquier cosa. No esperará que seas tan incauto.

—¿Qué quieres saber?

—¿Cómo es el lugar del que procedes? —Esta vez no te has apuntado las preguntas en ningún papel.

Ella se reclina en la silla y se queda pensativa unos segundos antes de comenzar a hablar:

—Pues… en el lugar del que vengo no hay árboles, ni flores. Hay vegetación y animales, por supuesto, pero están protegidos en urnas y recintos acondicionados para cuidar de todas las especies y que no se extingan —aclara. Parece un discurso aprendido de memoria—. Pero sí hay palacios que llegan hasta las nubes y forman bosques de cristal. Opacos, de colores, transparentes como gotas de lluvia que recuerdan a un caleidoscopio. Las únicas paredes de madera o de ladrillo que existen son las que pertenecen a otros tiempos. No llevamos armas y todos nos conocemos. La colaboración es fundamental y todos aportamos recursos de los que podemos disponer. Como ves, tratamos de corregir los errores del pasado.

En realidad, no lo puedes ver. Porque no sabes ni cómo era el pasado ni qué errores se cometieron. Pero, aun así, aquello no tiene sentido para ti: ¿cómo puede ser el mundo que describe ella el mismo del que huía Padre?

—¿Tienes familia?

—Vivo con mis hermanas y mi padre.

—¿Y tu madre?

—No la recuerdo.

Sientes que algo se remueve en tu conciencia.

—Yo… tampoco la recuerdo.

—¿A mi madre? —pregunta ella con una sonrisa torcida que te contagia sin tú quererlo.

—No, a la mía. Murió cuando yo era un bebé. He vivido siempre con Padre hasta que… hasta que él también…

—¿De qué murió?

—El frío se instaló en sus pulmones y…

Ella frunce el ceño.

—¿Por qué no viajasteis a la ciudad? Allí existe cura para cualquier tipo de enfermedad.

Escuchar una solución tan sencilla de una lógica tan aplastante hace que quieras romper algo, pero te controlas porque sabes que el odio que ahora sientes no está dirigido hacia ella, sino hacia Padre.

—Nunca he abandonado los muros del jardín —confiesas, y lo que hasta ese momento te ha parecido algo admirable ahora te produce vergüenza.

Pero Fiara no se burla de ti, al contrario.

—Yo tampoco abandoné nunca mi hogar. Hasta ahora. Mi padre me lo tenía prohibido. Pero yo necesitaba saber qué más había ahí fuera… y una noche no pude aguantarlo más y me marché.

—¿Cuánto tiempo llevabas viajando?

—Seis días cuando llegué al muro por primera vez. Pero luego investigué las inmediaciones durante otros dos.

A toda prisa realizas un cálculo aproximado de a cuántos kilómetros podría estar ese lugar del que procede y llegas a la conclusión de que, en realidad, solo os separan unos cuatrocientos kilómetros. Quizá menos.

—No entiendo por qué Padre se alejó de la ciudad si quería evitar a los monstruos. Allí podríamos haber estado protegidos —mascullas para ti.

—¿Qué monstruos?

La pregunta te pilla por sorpresa.

—Los del… exterior. Mi padre me contó que solo con poner un pie fuera de la muralla vendrían a por mí; que eran capaces hasta de sentir y escuchar el latido de nuestros corazones a través de la tierra y que tenían la piel tan dura que muy pocos filos podían atravesarla.

Fiara mira más allá de ti, más allá de la ventana que tienes a tu espalda, y niega con la cabeza.

—Sé ocultarme bien. Pero creo que tu padre se equivocaba: no hay monstruos ahí fuera.

Su inesperada respuesta te ofende tanto que no te salen las palabras, y ella lo nota porque añade:

—Quizá los hubo hace tiempo, pero ya no.

Ese tipo de reflexiones suyas son las que más te desconciertan porque hacen que te preguntes cómo podías creer que ella era una de las amenazas de las que tanto te había hablado Padre. Y eso no es bueno. Tienes razones para desconfiar, para no dejarte engañar. Necesitas pensar, ordenar tus pensamientos y valorar todo lo que has aprendido.

—Por ahora es suficiente —dices, incorporándote.

—¿Ya hemos terminado?

—Solo por ahora —te limitas a responder—. Vuelve a tu habitación. Iré a buscarte cuando sea la hora de la cena.

—¡He respondido a todas tus preguntas!

—Has respondido a *algunas* de mis preguntas. Aún no hemos terminado.

Fiara no insiste; quizá ha aprendido que no suele servir de nada. Se pone de pie con enfado y se alisa la falda del vestido antes de abandonar la cocina seguida por ti.

La encierras en su nueva habitación, esta vez con llave, regresas al salón, recoges tu chaqueta del perchero y te diriges al jardín. Debes cortar leña si quieres mantener la casa caliente. De camino al grupo de árboles, te detienes junto a uno de los rosales para comprobar el estado de los capullos. Tras años dedicado a ello, Padre había logrado crear rosales luneros, capaces de florecer en cualquier época del año si se les prestaba atención y se les protegía de las inclemencias del tiempo. Pronto relucirán los pétalos sobre el manto de hojas doradas caídas de los árboles.

Arrancas el hacha del tocón en el que la dejaste la última vez y te remangas antes de comenzar la labor. Sientes cómo se tensan todos tus músculos con cada nuevo golpe, pero no te detienes. El esfuerzo te impide pensar en nada más. Por un instante Fiara, el recuerdo de Padre e incluso el muro desaparecen, y solo estáis tú, el hacha y el tronco.

Cuando has partido suficiente leña, sudoroso y con los brazos temblando por el esfuerzo, atas las maderas y te las cargas a la espalda. Es al levantar la mirada y dirigirla hacia el castillo cuando adviertes que tu joven prisionera te está observando desde la ventana de su nueva habitación. Ni saluda, ni sonríe. Se mantiene estática, pero no parece enfadada, quizá triste o melancólica.

Lo peor es que si esa actitud es una treta para lograr que poco a poco te apacigües… lo está consiguiendo.

A la noche preparas un asado en la lumbre y después dejas la chimenea encendida para que caliente la casa. Con el frío creciente, agradeces que esa noche no haya ni rastro de la luna y que, por tanto, el humo que abandona los tejados del castillo sea invisible para cualquiera que mire en esa dirección.

Fiara se come solo la mitad de su ración, mientras tú te entretienes royendo hasta la última fibra de carne de los huesos del animal.

—¿No te ha gustado? —preguntas, limpiándote la grasa de los labios con la manga de la camisa.

—Sí, pero no tengo hambre —explica—. Pero estaba mejor de lo que había imaginado.

—No es la primera vez que comes esto —comentas, incrédulo.

—Claro que sí. Ya te he dicho que de donde yo vengo los animales se crían en reservas y se protegen.

—Entonces ¿para qué…?

—¿Puedo hacerte yo una pregunta ahora? —te interrumpe, y aunque al principio te molesta, terminas asintiendo—. ¿Lo que hay en el salón… son libros? ¿Libros… reales?

Extrañado, frunces el ceño.

—Claro, ¿qué van a ser si no?

—¿Podemos ir a verlos, por favor? —La emoción reluce en sus ojos.

La petición te resulta tan extraña e inocente que respondes que sí. Abandonáis la cocina y, cuando llegáis a la estancia principal, Fiara corre esquivando los sofás y la mesa principal hasta una de las estanterías de la pared. Es tan inesperada su reacción que te descubres con el puñal en la mano, aunque enseguida vuelves a envainarlo en tu cinturón.

La chica acaricia los cantos polvorientos de los libros con una delicadeza reverencial. Sus labios se mueven casi imperceptiblemente mientras va leyendo en voz baja los títulos de cada uno de ellos. La mayoría son enciclopedias antiguas, tratados históricos de tiempos ya olvidados, atlas de tierras que tú siempre has creído tan lejanas como si pertenecieran a mundos inventados…

—¿Puedo…? —pregunta, señalando uno con el dedo.

—Eh… sí, adelante —contestas, y ella lo libera de su hueco de la estantería.

Después camina hasta la chimenea y se sienta delante del fuego con las piernas cruzadas bajo la falda del vestido. Cuando abre la tapa, se levanta una nube de polvo que, a la luz del fuego, te recuerda las partículas que se desprendían del vuelo de las hadas que aparecían en los cuentos que Padre te leía de niño.

Hojea las primeras páginas por encima, pero sobre todo se entretiene pasando las hojas hacia delante y hacia atrás, con una sonrisa creciente en sus labios.

—¿También es la primera vez que… ves un libro?

—Es la primera vez que veo un libro de papel, sí. Había oído hablar de ellos, claro, pero no existen allí de donde yo vengo.

—Pero sabes leer.

Ella asiente.

—Utilizamos dispositivos con pantallas que…

—¿Dispositivos?

—Sí, ¿no sabes qué son? —te pregunta, tan extrañada como si le hubieras dicho que ignoras qué es una nube—. Es raro que tu padre…

—Mi padre prefirió enseñarme todo lo que necesitaba conocer a este lado del muro —la interrumpes, ofuscado—. ¿Qué son esas cosas?

Si a Fiara le molesta tu desplante, no lo demuestra. Medita unos instantes buscando la manera de explicarse hasta que da con la solución.

—Son… como espejos negros —responde—. Espejos mágicos que te permiten ver lo que desees. Momentos del pasado, lugares lejanos, realidades inventadas… Puedes comunicarte con quienes se encuentran a miles de kilómetros. Llevaba uno en mi bolsa. Si quieres…

—No —la detienes, asustado—. No es necesario.

Todo lo que ella cuenta te parece imposible, como sacado de un cuento, fantasías idénticas a las que aparecen en el…

De repente te pones de pie, como si hubieras recibido un calambrazo.

—¿Ocurre algo?

—Se… se está haciendo tarde. Puedes llevarte el libro a la habitación si quieres seguir leyéndolo. Pero tienes que volver a tu cuarto. Ahora.

—¿He dicho algo que…?

—No. Estoy cansado. Date prisa —contestas con premura, mientras te acercas a apagar el fuego de la chimenea. Pero justo cuando vas a dar un paso, tu pie tropieza con una arruga de la alfombra y pierdes el equilibrio.

De repente te ves cayendo sobre las llamas, sin ningún asidero al que agarrarte y con el calor creciente sobre la piel. En la fracción de segundo en la que sucede todo, te da tiempo a esperar los arañazos del fuego, pero de pronto sientes un tirón desde la espalda y caes, dándote un golpe en la cabeza contra el suelo.

Detrás de ti, Fiara se yergue con la mano con la que te ha apartado aún extendida.

—Estás sangrando —dice, y al tocarte detrás de la oreja sientes que los dedos se te llenan de sangre—. Déjame que te ayude…

Pero cuando va a darte la mano para que te levantes, tú la apartas de un empellón y, torpemente, te pones de pie. Respiras tan fuerte que parece que estés gruñendo. No entiendes qué ha sucedido. ¿Por qué no ha aprovechado el momento de tu caída para escapar? ¿Por buena voluntad o por miedo a quedar atrapada en una de las trampas instaladas en el jardín?

—Al menos déjame ver si es grave —insiste.

—¡Vete! —repites, ofuscado y sin quitarte la mano de la cabeza—. Por… favor.

Ella no insiste. Recoge el libro del suelo y sube las escaleras, cabizbaja. Tú la sigues hasta el dormitorio. Pero antes de cerrar la puerta, se vuelve y dice:

—Si dejaras de tener miedo de mí, podría demostrarte que ni somos tan diferentes, ni he venido a hacerte daño. Que ha sido casualidad que nos hayamos encontrado.

Cierras los ojos cuando da el portazo y tardas unos segundos en echar la llave. Después te diriges a las escaleras y subes otro piso hasta tu cuarto. Allí te vas al aseo y tomas agua de la palangana para limpiarte la cabeza. Te escuece cuando pasas la mano por la herida, pero no, no es grave. Rebuscas en el armario la botella de alcohol que utilizaba Padre en casos como aquel y te echas un chorro en el arañazo. Contienes un grito cuando sientes el latigazo y después te colocas una gasa que enrollas alrededor de la cabeza para sujetarla.

Te ha salvado en lugar de dejarte caer a las llamas.

Tu prisionera. Fiara. De haber estado en su lugar, sabes bien que tú no lo habrías hecho. Que habrías aprovechado el error de tu captor para rematarlo y huir del castillo.

Pero ella no.

¿Y aún te preguntas qué más pruebas necesitas para darte cuenta de que Fiara no supone un peligro, que no es una de las amenazas que tanto asustaban a Padre?

Te sobreviene la culpa al valorar con mayor certeza esa posibilidad. ¿Y si has mantenido cautiva a una chica inocente, sin más motivos para temerla que los delirios de Padre? ¿Y si al final logró contagiarte su locura, sus paranoias?

Regresas a tu habitación y te sientas al borde de la cama con los ojos clavados en la ventana. Tu reflejo te devuelve la mirada, envuelto en la oscuridad del exterior. El viento agita las ramas de los árboles, aunque no los ves, y sin poder evitarlo recuerdas el primer día que descubriste a Fiara entre el follaje y la confundiste con un cervatillo.

Las únicas razones que te ha ofrecido para desconfiar de ella han sido las que te has inventado. ¿Acaso no habrías saltado tú también el muro en busca de cobijo y comida de haber estado seis días vagando por un bosque repleto de peligros?

¿Tendrías que haberla matado la primera vez que tuviste oportunidad? ¿Serías más feliz si continuaras solo? Entierras la cabeza entre las manos, avergonzado, confundido, y poco a poco te dejas caer sobre la cama. Sabes que las gotas de sangre que aún manan de tu nuca van a manchar el almohadón, pero te da igual. Te obligas a cerrar los ojos, a dormirte. A olvidar.

Y entonces te despiertas y no recuerdas qué pesadillas has tenido, aunque en tu interior permanece la sensación de peligro. Intentas recordar qué era lo que soñabas, porque así al menos te darás cuenta de que no hay razón para estar asustado.

Vuelves a cerrar los ojos y aprietas con fuerza. ¿Qué era, qué era…? Había soldados de plomo, relojes, hornos, cuchillos…, y parecían marchar hacia ti, pero no en manos de humanos, sino solos… Y cada vez estaban más cerca del castillo… ¿Ves? Ensoñaciones absurdas. Pero, entonces ¿por qué te han parecido tan reales? Había algo más… Había… un espejo con el cristal tan negro como ala de cuervo. Pero de pronto… de pronto se iluminaba y su luz no solo te cegaba, sino que te enfocaba directamente a ti, que hasta ese momento te habías mantenido oculto entre los árboles. Y de pronto todos los objetos encantados te descubrían y se dirigían hacia ti. Había sido al imaginar la dentellada de un cepo en el brazo cuando te despertaste.

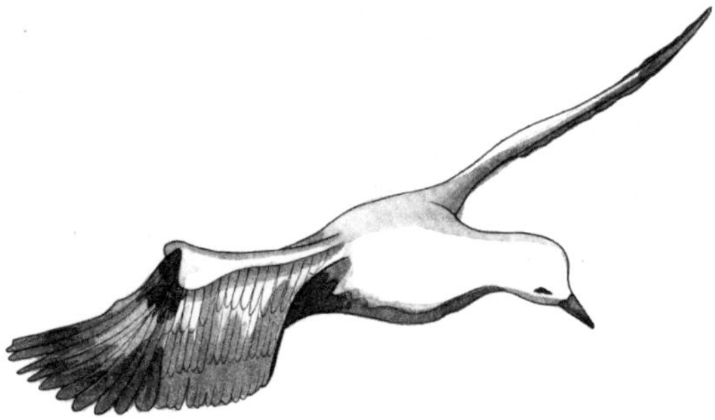

La luz de la mañana te otorga el valor que te faltaba para decidirte a liberar a Fiara. Por mucho que trates de encontrarlas, no existen más excusas para desconfiar de ella. Sientes la vergüenza de tu padre recayendo sobre ti, pero no te importa. Él ya vivió su vida y tomó sus decisiones. Ahora te toca a ti.

Una vez vestido, te diriges al armario de la habitación y sacas el diario de tu madre. Y esta vez, cuando lo relees por encima, te obligas a pensar que quizá no tengan que ser historias producto de su imaginación, sino crónicas de tiempos lejanos, leyendas…, lugares fascinantes que tal vez existan más allá del jardín y que no debes temer, sino querer explorar. Lugares como aquel del que proviene Fiara. Así que decides compartir con ella tu secreto mejor guardado para ver si así, al menos, obtienes tus ansiadas respuestas.

En lo alto de la torre fue donde escondiste la bolsa de tela que Fiara llevaba cuando cayó en la trampa del jardín. Con cuidado, la vacías sobre la mesa y compruebas de nuevo que no haya ningún arma. El espejo negro sigue ahí y esta vez lo coges y lo levantas para observar tu imagen: el cabello tan largo que te llega hasta los hombros, los ojos azules, idénticos a los de Padre, la mandíbula, de tu madre, cubierta por una barba incipiente.

El espejo es tan fino como la hoja de tu puñal, no tiene mango y una de las caras es opaca y de un material duro que no reconoces. Tratas de averiguar cómo puede hacer que veas algo más allá de tu reflejo, como decía Fiara, pero al cabo de un rato te das por vencido.

Ella está despierta y vestida cuando regresas al primer piso y abres su puerta. Se encuentra sentada junto al alfeizar de la ventana, con el libro abierto sobre las rodillas.

—Buenos días, ¿qué tal está tu herida? —pregunta.

Tú, que hasta ese momento habías olvidado el suave dolor sobre la nuca, respondes que bien.

—He decidido que… que voy a confiar en ti —añades, y esta vez ella cierra el libro y te mira con un nuevo tipo de curiosidad.

—¿De veras?

Por respuesta, asientes y te apartas de la puerta, serio para que no piense que puede aprovecharse de las circunstancias.

—Si quieres marcharte, no te detendré.

—¿Y las trampas del jardín?

—Te guiaré para que no caigas en ninguna.

Ambos os quedáis en silencio hasta que ella pregunta:

—¿Por qué? ¿Por qué ahora? ¿Qué te ha hecho cambiar de opinión?

Te encoges de hombros.

—Si me hubieras querido hacer daño, ya lo habrías hecho.

—Entonces ¿soy libre?

—Para ir donde quieras. —Y le entregas la bolsa.

Ella recoge sus pertenencias, comprueba al momento si está todo y se pone el anillo en el dedo. Tú aguardas sin decir palabra ni moverte.

—¿Y si… quisiera quedarme? —dice de repente—. ¿Podría?

—¿Por qué ibas a querer quedarte? —Aunque tratas de evitarlo, no puedes evitar ser suspicaz.

Ella se acerca y se encoge de hombros.

—Tengo curiosidad por saber quién eres realmente cuando no te comportas de una manera tan… distante; cuando no me tienes miedo —añade, mirándote de soslayo—. Y también por leer los demás libros que guardas ahí abajo, por saber cómo cultivas tus alimentos y las flores de fuera, por estudiarlas de cerca…

Si no fuera por el tono tan sincero con el que habla, pensarías que se está burlando de ti como al principio.

—¿Me dejarás? —repite.

—Si es lo que quieres…

—Sí, es lo que quiero.

No has advertido en qué momento se ha acercado tanto a ti, pero ahora eres capaz de percibir su aroma y debes excusar un ataque de tos para alejarte unos pasos, nervioso.

—Pero yo también quiero que hagas algo por mí —dices, y ella alza una ceja—. Enséñame a utilizar ese espejo tuyo. Necesito saber qué hay más allá; lo que me estoy perdiendo… y lo que me he perdido. Y también dime si algo de esto tiene sentido para ti —añades, y sacas del pantalón el diario de tu madre—. Por favor.

—¿Qué es? —pregunta.

—Son historias que mi madre escribió para mí, pero intuyo que hablan sobre lo que sucedió en el mundo más allá del muro, antes de que yo naciera, y necesito que me digas si estoy equivocado.

Fiara extiende la mano.

—¿Puedo…?

Le cedes el cuaderno y ella se sienta en la cama a leer. Tú te mantienes de pie, caminando de un lado a otro de la habitación, nervioso, mientras ella va pasando las páginas hasta que llega a la última. Entonces cierra el diario de golpe y te lo devuelve.

—Lo… lo siento.

Tú la miras sin comprender.

—¿El qué? ¿Qué ocurre?

Ella se pone de pie, nerviosa.

—Estoy… estoy bien. Solo necesito… —Trata de marcharse, pero tú se lo impides. Le sujetas el brazo con delicadeza y le pides que te cuente lo que pasa.

—¿Qué has leído? Dímelo, te lo ruego. Llevo años ahogándome en esas historias, tratando de encontrarles algún sentido y creo…, no sé…, que tú puedes ayudarme. Por favor, Fiara.

—En el lugar de donde vengo no nos dejan hablar de la guerra del viejo mundo —contesta, abatida.

—Pero ya no estás allí… Estás aquí. Conmigo.

Algo debe de ver en tus ojos que la sosiega lo suficiente como para decidir sentarse y añadir:

—Puede que me equivoque, pero creo que estas historias de tu madre narran la guerra que lo cambió todo.

—¿Qué sucedió?

Con la mirada te suplica que la eximas de explicártelo, pero tú te mantienes estoico y aguardas hasta que ella se da por vencida.

—Las guerras forman parte del devenir del ser humano, al igual que el vivir en sociedad. Guerras por proteger un territorio, por conquistar nuevas tierras, por vengar una causa, por el más irracional de los odios; algunas, incluso, en nombre del amor… Las guerras fueron evolucionando con el paso de los años y, cuando ni el fuego ni las espadas fueron suficientes para combatir, se construyeron criaturas de metal para que lucharan a las que se llamó robots.

Sientes que al escuchar a Fiara también oyes las palabras de tu madre hablándote desde el más allá, descubriéndote que ya eres mayor para entenderlo todo.

—Pero, sin advertirlo, los robots fueron haciéndose cada vez más sofisticados, más inteligentes… y más fuertes. Y con la inteligencia llegó el dolor. Y con la fuerza, la necesidad de rebelarse. Exterminaron casi por completo a la raza que los había creado, y solo cuando se aseguraron de que ya no resultaban una amenaza para ellos, se detuvieron. Pero aquello pasó hace mucho tiempo, Alainn —aclara para tranquilizarte.

—¿Y tú… los has visto? —preguntas, con la garganta seca por la conmoción del relato. Cuanto más te cuenta, más necesitas saber.

—Sí. Los he visto.

—¿Libres?

Ella asiente.

—Tus padres debieron de marcharse cuando aún estábamos en guerra y nunca supieron que las batallas habían concluido y que la ciudad era segura. Me pregunto… me pregunto si habrá más gente como tú: aislada por el miedo en otros lugares, sin saber que pueden regresar cuando quieran.

«Ahí lo tienes», piensas. La respuesta que tanto ansiabas. Pero no puedes evitar sentir un hondo pesar al darte cuenta de que tus padres murieron asustados de un mundo que ya no era peligroso.

—En cuanto al espejo, mira —añade Fiara mientras lo saca de la bolsa y acaricia el cristal.

Basta con que apoye las yemas de sus dedos en él para que una luz azulada emane de la superficie y haga que te apartes, asustado.

—Tranquilo —te dice ella, y se acerca a ti—. ¿Lo ves? No pasa nada. Solo lo he… encendido.

—¿Lo crearon los robots? —preguntas, temeroso.

—No, los hombres. Venga, déjame tu mano para que te reconozca a ti también.

Con delicadeza, sujeta tu dedo y lo coloca en el centro del cristal.

—Obedece a Alainn —pide, y luego te dice—: Preséntate.

Aunque algo extrañado, obedeces.

—Hola…, soy Alainn.

Suena una leve campanilla y Fiara sonríe.

—Listo. Ahora pídele lo que quieras y él te lo mostrará.

Te lo pone en las manos y tú lo sujetas como si fuera un recién nacido que pudiera romperse con el más leve de los suspiros.

—No tengas miedo —te dice ella, sonriente.

—Quiero… quiero… —Tantas cosas que eres incapaz de decidirte por una y, avergonzado, haces el ademán de devolvérselo. Pero ella te detiene.

—Muéstrame el mar —le dice ella al espejo, y al segundo siguiente la pantalla os enseña una inmensa manta azul con olas rompiendo en la orilla.

Incapaz de contenerte, sueltas una carcajada. Hasta ese momento el mar para ti no era más que viejas fotografías estáticas y pinturas en los libros. Pero en el cristal, el mar tiene vida, las olas barren el azul con su espuma…

—Mu… muéstrame las estrellas —pides, y con la misma celeridad, la pantalla se vuelve tan oscura como gris está el cielo más allá de la ventana y en ella surgen las constelaciones que tu padre te ha enseñado a nombrar—. Es magia…

—Algo así, sí —comenta Fiara, antes de pedirte que salgáis al jardín.

Como durante la noche el frío se ha incrementado, le dejas uno de los abrigos de Padre para que se cubra con él. El cielo está encapotado, a punto de llover, pero eso no impide que la chica, al poner un pie fuera, respire hondo y estire los brazos como si estuviera abrazándole el más cálido de los soles.

Te dedicas a desactivar todas las trampas que has puesto alrededor del castillo, a quitar los cepos, a desmontar las cercas de espinos y a guiarla por el camino correcto, para no caer en ninguno de los socavones que habías abierto hasta que puedas taparlos de nuevo. Ella te acompaña de la mano y te sigue hasta el rosal, frente al que se arrodilla embelesada. Con delicadeza, acaricia los pétalos de una de las flores y después aproxima la nariz para inhalar su aroma.

—¿Qué tienen las rosas que llaman tanto tu atención? —preguntas.

—Es la primera vez que veo tantas creciendo salvajes, la primera vez que puedo tocarlas, olerlas… —dice, acariciando los pétalos.

—¿No hay rosales en el lugar de donde tú vienes?

Ella niega.

—Una sola rosa. Con su tallo y sus espinas. Eso es lo que conservamos en mi hogar. Un tulipán, una margarita, una orquídea… Es una de las reservas que más me gusta visitar. Puedo pasarme horas contemplando las miles de flores distintas que se guardan allí. Pero solo hay un ejemplar por tipo.

—¿Una por especie?

Ella asiente, aunque enseguida se queda taciturna.

—Hasta ahora… nunca había sentido que necesitara que hubiera más. —La veneración con la que acaricia la flor es conmovedora—. Antoine de Saint-Exupéry, un hombre que vivió hace mucho mucho tiempo, escribió una vez: «Si alguien ama una flor de la que no existe más que un ejemplar entre los millones y millones de estrellas, es bastante para que sea feliz cuando mira las estrellas».

—Pues ahora todas estas son tuyas —dices en un exabrupto, y enseguida sientes que te sonrojas. Pero de pronto Fiara se abalanza sobre ti y te da un abrazo inesperado.

Tu primer impulso es el de separarte, pero logras ahogar las ganas y, poco a poco, se lo devuelves, tratando sin éxito de recordar la última vez que alguien te abrazó.

—Gracias —te susurra al oído, y con esa palabra se evaporan los últimos retazos de duda que podían quedar en tu interior.

Los días siguientes los pasáis sin abandonar la protección de los muros. ¿Para qué? Cultivar el huerto, plantar nuevas flores, cortar las malas hierbas y las lecturas nocturnas os mantienen distraídos.

Poco a poco, os vais abriendo el uno al otro, como si aquel abrazo hubiera sido la llave que necesitabais. Tú le hablas sobre cómo era Padre, la admiración y el cariño que le profesabas, a pesar de su aparente frialdad; ella te habla sobre sus hermanas, a quienes quiere, pero a las que no entiende porque siempre tienen suficiente con lo que la vida les ofrece, y de su padre, que es severo e intransigente, pero que la quiere con locura.

Ella aprende a cocinar, tú a utilizar el espejo. Así descubres un millón de historias sobre el mundo que te rodea y sobre el mundo que rodeaba a tus antepasados.

Las imágenes que surgen en el cristal son tan realistas que quieres acercar la mano y tocarlas, y aún a día de hoy tienes que controlarte para no hacerlo. Y también te desvela un secreto sobre el anillo de cristal que siempre lleva con ella: es igual de mágico que el espejo y están conectados. En el espejo podrá ver lo que vea el portador de la joya, pero aparte sirve para algo aún más sorprendente.

—Con él puedes viajar —te explica—. Si guardas en el interior de este cristal una hoja, el hueso de un fruto o incluso un pedazo de la raíz de un árbol, te lleva al lugar donde se encuentre la planta original, esté donde esté. Se llama teletransporte y este es el primer prototipo creado por mi padre.

De nuevo sientes la necesidad imperiosa de abandonar los muros y comprobar con tus propios ojos que Padre se confundía; que no hay razón para tener miedo.

Fiara también te descubre las películas y te enseña un centenar de canciones a diario, algunas solo compuestas por música y otras en idiomas que desconoces. El espejo es capaz de cantar en mil lenguas. Pero lo que más adora Fiara son las flores del jardín; puede pasar horas observándolas y estudiando cómo los abejorros vuelan a su alrededor, atraídos por su néctar.

Con el tiempo, te cuesta creer que una vez trataras de cazarla o que la encerraras en el sótano; que fueras incapaz de hablarle con delicadeza o pedirle cualquier cosa por favor. Su nombre suena diferente, lo sientes

diferente, porque ella es ahora diferente para ti. Desconoces cuándo has empezado a querer madrugar más para aprovechar cada segundo del día con ella, o a estudiar en secreto todos los libros sobre botánica de tu padre para contarle más secretos sobre las flores que tanto admira, o a desear que el frío os dé un respiro para que podáis pasear por el jardín cuando anochece. Pero ahora, sencillamente, quieres ser mejor. Por ella. Y demostrarle que también puede aprender de ti, que tu pequeño mundo guarda secretos que ahora quieres compartir con ella.

El primer beso tiene lugar sobre la alfombra del salón, frente a la chimenea, donde el fuego devora los troncos sin preocuparse ya de si la luna está nueva o llena. Mientras Fiara lee, tú la miras con tanta intensidad que acaba escuchando tu silencio, y entonces, cuando lo hace, no puedes contenerte y te acercas a ella con precaución. Una precaución muy similar a la que debías guardar el primer día que la conociste cuando le acercaste la manzana en su celda. Y ella, con la misma soltura con la que te la robó, te entrega su beso. Es un beso torpe; el primero que has dado nunca, pero el instinto te pide que te dejes llevar y tú obedeces.

Los que le siguen van siendo cada vez más intensos, más valientes y arriesgados, más perfectos solo porque son vuestros. Besos hambrientos, salvajes…, besos que se transforman en caricias, que se transforman en abrazos, en pieles desnudas, en respiraciones entrecortadas, en suspiros y gruñidos y más besos y más abrazos, y en sonrisas que prometen primaveras cuando fuera solo hay inviernos.

Una mañana, cuando despiertas, te encuentras a Fiara contemplando el jardín desde la ventana. Envuelve su cuerpo desnudo con una manta, en silencio.

—¿Qué piensas? —le preguntas.

—Solo queda una rosa sin marchitar. Quiero conservarla.

Así que os vestís, os abrigáis y salís. La nieve cruje bajo vuestras botas, pero el temporal parece haberos dado un respiro y ahora el sol arranca destellos de la nieve. Camináis hasta el rosal entre risas, con el hielo amenazando con tiraros. Fiara se sujeta a tu brazo cuando se escurre y tú estás a punto de irte al suelo también.

—Ya lo puede valer esta rosa —comentas entre risas.

—¡Lo vale! —contesta ella.

Eres tú quien carga con la tijera de podar, pero cuando llegáis, se la cedes a ella. Le indicas por dónde y cómo hacerlo para tratar de replantarla después en casa, aunque le adviertes que no siempre funciona, mucho menos en invierno. Tú te acuclillas a su lado y la observas con atención mientras ella acerca su mano al tallo, prepara las tijeras… y se pincha en el dedo.

Y no sangra.

Fiara parece no haberse dado cuenta de lo que acaba de suceder y, por un instante, piensas que lo has imaginado. Pero la parte que sabe que no es así te lleva a agarrar la mano de la chica, que se da cuenta en ese momento de que algo sucede. Estudias su dedo índice hasta que das con ello: un punto, un agujero profundo en la piel, donde la ha mordido el pincho de la rosa.

Pero no hay sangre. Ni una gota. Y ella ni siquiera lo ha sentido. La miras sin comprender y ella también te mira sin entender.

—Te has pinchado —dices como un niño pequeño—. Y no… te duele.

Ella se estudia el dedo, que aún sujetas con tus manos, y la preocupación nubla su gesto.

—No me duele —dice, extrañada.

Y por si aquello no fuera suficiente, suelta las tijeras y vuelve a agarrar el tallo de la rosa recién arrancada para abrazarla con toda la palma de la mano abierta. Solo verlo te hace entrecerrar los ojos, pero ella se muestra impasible, y cuando abre la mano, ves los pinchazos, de nuevo, sin una gota de sangre.

En un impulso, recoges las tijeras del suelo y te separas de ella con la mente revolucionada.

—Alainn… —dice ella, pero tú te sigues alejando.

El mundo da vueltas a tu alrededor y sientes un sudor frío.

—¿Qué eres? —preguntas, aturdido. Y la apuntas con el filo de la herramienta—. ¡¿Me has mentido?!

—Por favor…

—¡No te acerques! —exclamas, y el miedo te deforma la voz hasta el punto de no reconocértela—. ¡Eres uno de ellos! No debí fiarme… No debí…

Su piel helada, incluso cuando estabais haciendo el amor, su forma de comer, su espejo mágico… Las piezas van encajando en tu cabeza con la historia que durante meses habías olvidado: la del diario de tu madre.

Soldados de plomo. Cajas de música.

—¡Alainn, escúchame! Te lo puedo explicar. No quería… ¡Te lo iba a contar!

—¡Cá… cállate! ¡Eres uno de los monstruos! —gritas, y te alejas de ella tan rápido que no adviertes la placa de hielo que hay sobre el camino de gravilla.

Esta vez Fiara está demasiado lejos para evitar la caída. Tropiezas y te precipitas en uno de los socavones que tiempo atrás habías preparado para capturarla. Sientes el golpe, oyes el sonido de algo crujiendo, pero, de una manera mucho más clara, notas el lacerante dolor de las tijeras de podar desgarrándote el muslo izquierdo cuando te precipitas en el hoyo que habías excavado.

—¡Alainn! —grita ella, saltando dentro del agujero con su agilidad habitual.

El dolor no te deja pensar; no te deja casi respirar. Tu pierna está doblada en un ángulo imposible. Gritas. Ni siquiera adviertes que las lágrimas ruedan por tus mejillas. Es tanto el sufrimiento que, sin saber cuándo, todo se vuelve negro.

Lo primero que adviertes es un olor metálico que te penetra las fosas nasales y se instala en tu cerebro. Cuando abres los ojos, sientes el dolor. Tardas en reconocer su origen: la pierna. El dolor está tan extendido que cada movimiento, por muy leve que sea, incluso el de tu respiración, te provoca un latigazo, y tardas en comprender qué sucede, en recordar qué ha pasado, cómo has llegado hasta la cama de tu antigua habitación.

Entonces apartas la sábana que te cubre desde la cintura y te das cuenta de que el dolor que sientes en la pierna es ficticio, te lo estás imaginando, pues la pierna ya no está.

En su lugar solo hay un muñón a la altura del muslo cubierto por una gasa ensangrentada. La impresión te hace perder el conocimiento.

Aceptar que no es una pesadilla es lo más difícil. Y arremetes contra todo lo que tienes a mano, furioso como nunca lo has estado, sin importarte el daño, mientras lloras lágrimas amargas. Entonces reparas en la carta que hay sobre la mesilla de noche. El mero hecho de estirar el brazo dispara una nueva punzada de dolor por todas tus terminaciones nerviosas, pero necesitas saber qué te ha pasado mientras no estabas consciente, y quizá ahí lo averigües.

Está firmada por Fiara y en ella explica que intentó por todos los medios salvarte la pierna, pero fue inútil. Por miedo a que se infectara, tomó la decisión de sedarte y amputártela. No espera que la perdones, pero debes entender que lo hizo por tu bien y que te promete que volverá con una solución. Que correrá sin detenerse hasta la ciudad y estará de regreso tan pronto como sea posible.

A continuación te explica cómo debes hacerte las curas, y que te ha dejado agua y comida a mano para aguantar todo ese tiempo. También unas muletas improvisadas, pero que trates de no moverte. Y que, por favor, la perdones. Que ella está igual de asustada que tú y que espera regresar con respuestas.

> Te dejo el espejo para que sepas de mí siempre que lo necesites. Solo pídele que te muestre dónde estoy y lo hará. Regresaré y lo entenderás todo, te lo prometo. Confía en mí.

La relees varias veces con una angustia creciente. No puedes moverte. El castillo ya no es un lugar seguro. Fiara no es como tú. Fiara no sangra ni sufre dolor. Fiara, al final, ha resultado ser uno de los peligros de los que trataba de protegerte Padre… y ahora también, al aparecer, tu única salvación.

La siguiente vez que te despiertas tienes la boca seca. Como prometió, Fiara ha dejado un barril de agua junto a la cama y un cazo para que puedas servirte. Bebes con ansia y cuando te has saciado tomas el espejo de la mesilla. Tu intención es romperlo, pero entonces te preguntas… si es racional el miedo que sientes, tu odio exacerbado cuando claramente ella nunca trató de hacerte daño; cuando te suplicó que le dejaras explicarse.

Además, ¿qué significa en realidad? ¿Justifica de algún modo el miedo que Padre te enseñó a tener? ¿Es Fiara alguien distinto a quien conocías? La cabeza te da vueltas con tantas preguntas y tantas decisiones, y no puedes evitar que, de rabia, confusión o pena, llores unas lágrimas que te arrancas con la mano. En el fondo necesitas saber dónde está y por eso tomas el espejo entre las manos temblorosas y te quedas observando tu reflejo. El recuerdo de los días con Fiara te perfora el alma cuando le pides que te muestre dónde se encuentra.

El cristal despierta de su letargo y en él aparece un borrón que poco a poco va tomando la forma de un camino con árboles a ambos lados. Parece que estés corriendo entre la maleza a toda velocidad. Escuchas

su respiración y ves sus piernas moviéndose a una velocidad sobrehumana. Como si se hubiera colgado el anillo del cuello.

—Ya voy, Alainn —la oyes suspirar, y das un respingo al creerla en la habitación, contigo. Y no sabes si es porque es lo que más deseas en el mundo o porque es lo que más temes.

Pasas horas con la mirada clavada en el espejo, en silencio, ignorando el hambre y a tu vejiga, y al final, cuando empieza a dolerte la cabeza, decides intentar levantarte para hacer tus necesidades. Debes contenerte para no rugir de dolor cuando te estiras a por la palangana que te ha dejado también cerca a modo de orinal. Sientes la pierna, pero no está, y mantener el equilibrio es casi imposible. Pero al final, torpemente, lo logras. Una vez calmadas todas las necesidades, vuelves a tumbarte y dejas que el sueño te lleve de nuevo con él.

Al principio confundes los golpes con los latidos de tu corazón. Pero cuando abres los ojos, te das cuenta de que los ruidos vienen de fuera, del bosque más allá del muro. No hace falta que te incorpores para saber que algo o alguien está tratando de tirar abajo el portón. Lo sabes porque suena como cuando padre trataba de probar su resistencia.

Inválido como estás, solo te queda rezar y preguntarte si la ayuda está en camino.

La única luz que hay en la habitación es la que desprende el espejo. Lo tomas y lo ocultas bajo las sábanas justo cuando en él aparece Fiara. Se ha vestido con unos pantalones de pana tuyos sujetos con un cinturón, camisa ancha y abrigo. También reconoces tus botas en sus pies cuando atraviesa la puerta de cristal de una inmensa sala llena de camillas y armarios blancos. Debe de haber llegado ya a la ciudad y ahora se mueve con sigilo con la bolsa de tela colgada en la espalda.

Abre uno de los armarios y comienza a sacar cosas de los estantes para meterlas en el saco. Lo hace tan deprisa como puede, moviéndose por el cuarto en absoluto silencio… hasta que, de pronto, se abre la puerta por la que acababa de entrar y se vuelve.

En el castillo, los golpes del exterior dejan de oírse de repente y, pasados unos segundos de calma, algo detona en el jardín como un trueno. La explosión hace que las astillas y los fragmentos de rocas lleguen incluso hasta tu ventana. Más allá del cristal, se alza una humareda.

—Papá… —logra decir Fiara en el espejo antes de que dos criaturas humanoides con aspecto fiero y metalizado se aproximen a ella para inmovilizarla—. Papá, ¡¿qué haces?!

—Arrancadle el anillo.

—¡Padre, no! Padre, por favor…

—Tu misión ha concluido, Fiara —dice él, acercándose para acariciarle la cara.

—No. Tengo que regresar. Necesita mi ayuda.

—Da igual lo que te prometiera: ha descubierto tu origen y ahora sabe de nuestra existencia. Vendrá a por nosotros.

Uno de los dos seres le quita el collar y lo guarda en una bolsa de tela, y a ti con él, aunque sigues escuchando lo que se está hablando.

Afuera, no sabes cuántos intrusos puede haber ni cómo te han encontrado, pero sabes que tu vida depende de lo que suceda al otro lado del cristal.

—¡Me enviaste para encontrar supervivientes y demostraros que no son peligrosos si no les atacamos!

—Fiara, el humano estaba a punto de asesinarte cuando descubrió tu secreto.

—¡Eso no es verdad! ¿Cómo…?

—¿… lo sé? —la interrumpe él—. ¿Acaso crees que dejaría que mi hija, mi creación más perfecta, vagara sola y sin protección? El anillo me ha permitido saber en todo momento dónde estabas y lo que sucedía. Estuve a punto de enviar una patrulla cuando te quitó la joya, pero mi paciencia tuvo su recompensa.

No hace falta ver lo que sucede al otro lado de la bolsa para entender que Fiara está llorando y se siente traicionada.

—Me has utilizado… ¡Me mentiste! —La oyes gritar, y en tu interior también gritas con ella.

—No te mentí. Te puse a prueba, como siempre he hecho. Porque eres única. La mejor. Tu cerebro es una obra maestra que ahora podremos replicar. Has logrado engañar a uno de ellos, ¡has hecho que se enamorara de ti! ¡Incluso has llegado a creer que tú también lo estabas!

—¡Le quiero de verdad!

—Pero ¿no ves que eso es imposible? No tienes corazón con el que querer. Todo es una ilusión de la excepcional réplica cerebral que te implanté. Una perfecta ilusión. Y sabiendo que funciona, podremos crecer, ser más fuertes, cazar a los pocos humanos que quedan con vida y ser por fin totalmente libres. Fiara, hija, gracias a ti somos un poco mejores. Pero ahora debes dejar que nosotros nos encarguemos.

Regresan los golpes, pero esta vez los oyes más cerca. Están a las puertas del castillo.

—No todos son malos, papá. Alainn…

—Alainn es un monstruo, como los demás. Imperfectos, salvajes. Una bestia que se revolverá más veces contra ti y contra todos nosotros en cualquier momento. Fiara, está en su naturaleza ser imprevisible.

—¿Y qué nos hace a nosotros mejores que ellos?

—Pues que somos perfectos en nuestra naturaleza, fuimos creados con una finalidad. Y cumplimos una misión. Ellos no tienen propósito para existir. Odian sin razón. Aman y olvidan con la misma facilidad.

—Y, sin embargo, te quieres parecer a ellos…

—¡Quiero su exterminio! Ya no los necesitamos; ni nosotros ni el resto de las especies de la Tierra. El mundo será un lugar mejor cuando hayan caído todos. Al fin y al cabo, es lo que querían desde el principio. ¡Para eso nos crearon! Nosotros solo estamos terminando el trabajo.

—Papá, por favor, tienes que creerme: ¡Alainn es diferente!

—Olvídate de él ya, Fiara. Hay un escuadrón camino del castillo y pronto será absurdo que sigas guardando cualquier memoria de ese humano.

—¿Qué…? ¡Papá, no! —Escuchas cómo Fiara trata de liberarse, aparentemente sin lograrlo.

—No debería haber dejado que pasaras tanto tiempo con él…, pero quería comprobar hasta dónde llegarías. Cuando despiertes, no recordarás nada de él, hija. Ni siquiera esa imitación de dolor que crees sentir. Lleváosla.

—¡Al menos déjame despedirme de él! Sé que me está escuchando. Concédeme al menos eso.

El androide tarda en responder, pero al final acepta. Escuchas cómo la liberan y ella lo agradece en voz baja. Se acerca al colgante y de pronto la luz ilumina la pantalla cuando abre la bolsa de tela. Fiara aparece delante de ti con una sonrisa cansada.

—Alainn, si estás ahí… —dice, poniéndose en cuclillas—. Si estás ahí y no volvemos a vernos, perdóname. Aunque te olvide, sé que lo que siento ahora mismo es tan real que no me importa que sea una ilusión. Y si a esto se le llama querer, puedo decir que te he querido.

—Ya está, Fiara… —le insta su padre.

—Sí, ya está —contesta ella, y de repente, del saco en el que había guardado el material de los armarios y que se encuentra a sus pies, saca tu hacha.

Sin darles tiempo a reaccionar, la enarbola y se lanza primero a por los dos soldados de su padre, que no tienen oportunidad de evitar el golpe cuando el filo golpea la cabeza del primero y el cuello del segundo.

En lugar de sangre, los chispazos de los cortocircuitos y los cables arrancados de cuajo inundan la habitación. En la cama, das un respingo del susto y el muslo te recuerda tu convalecencia con un mordisco.

—¡Fiara! —Esta vez el grito del padre de la muchacha no es de enfado, sino de puro terror mientras ella se acerca a él con el arma en alto—. ¡¿Qué has hecho?!

—No, papá, ¿qué me has hecho tú a mí?

El androide se lleva la mano a la sien, pero antes de que el dedo llegue a tocar su cabeza, Fiara le arranca el brazo de cuajo con el hacha y después lo remata con un grito lleno de dolor.

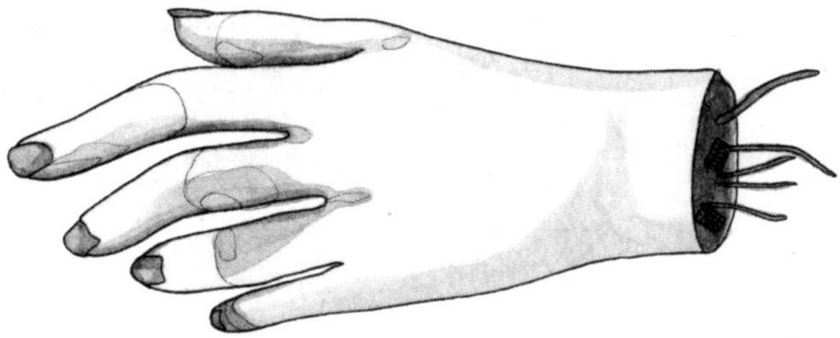

Cuando el robot cae al suelo, tan inerte como los otros dos, suelta el arma y, con lágrimas en los ojos, recoge el colgante del suelo y la bolsa.

—Iba a llamar a otros… —se excusa, entre suspiros—. No quería, pero…

Mientras habla, saca un diminuto cofre del saco y de su interior extrae un pétalo de rosa. A continuación, quita el anillo de la cadena y mete el pétalo en la pequeña cápsula antes de girarlo tres veces. La pantalla se oscurece de golpe en ese instante y, cuando vuelve a encenderse, lo que estás viendo es el salón del castillo.

—¡Alainn! —Su voz te parece que procede de un sueño, por encima de los golpes que amenazan con echar el castillo abajo.

—¡Es… estoy aquí! —consigues decir, con voz ronca, mientras la escuchas subir a toda prisa las escaleras.

Cuando abre la puerta, sientes la imperiosa necesidad de pedirle disculpas porque todo lo que ha ocurrido es culpa tuya, pero ella no te da oportunidad. Antes de que llegues a pronunciar una palabra, se acerca a ti y te besa en los labios.

—Debemos darnos prisa —dice—. Están aquí.

A continuación, regresa a la puerta y la atranca con varios muebles para que nadie pueda entrar. Luego aparta los restos de tu arrebato de ira y comienza a sacar lo que ha robado de la ciudad para colocarlo ordenadamente en el suelo. De fondo, se escuchan los golpes cada vez más apremiantes de los robots.

—¿Qué es? —preguntas, incorporándote con esfuerzo.

—Confía en mí. Volverás a caminar y escaparás de aquí —dice, sin dejar de organizarlo todo y activar lo que parecen herramientas tan sofisticadas como flores de hierro y cristal.

—¿Qué vas a hacerme? —preguntas, asustado.

El siguiente golpe os advierte que ya han entrado en el castillo.

—No hay tiempo, Alainn. Confías en mí, ¿verdad?

Asientes, y ella se arrodilla frente al muñón de tu pierna.

—Muerde esto —te pide, entregándote un trozo de sábana que arranca de un tirón. Lo haces una bola y te lo metes en la boca. Al segundo siguiente, la tela ahoga el grito más salvaje que has proferido nunca.

No quieres mirar, pero la curiosidad es incluso mayor que el sufrimiento y lo haces. Enseguida entiendes lo que está haciendo. Es una pata de palo como la de los piratas que salen en los libros que recuerdas que te leía Padre, pero esta pierna artificial es diferente; es más real, y no se sujeta solo con un par de cintas: hay algo que te está atravesando la piel del muñón y que se está arrastrando por tu interior, a través de los nervios del muslo, de la cintura, de la espalda…

—¡Basta! —gritas, cuando el dolor de la cabeza se vuelve insufrible.

—Ya queda poco, Alainn…

—¡Abrid la puerta! —se oye entonces desde el pasillo, y los golpes regresan. Y enseguida la puerta comienza a desquebrajarse.

Pero, de pronto, justo cuando los primeros agujeros en la pared te permiten ver a los humanoides metalizados que vienen a por vosotros, el dolor se esfuma de manera milagrosa.

—Ya está —anuncia Fiara, mientras se quita el anillo del dedo, abre la cápsula con el pétalo y lo tira al suelo.

Tú comienzas a hacer pruebas con la pierna, y no puedes comprender cómo está sucediendo, pero los hierros obedecen las órdenes de tu cerebro y se doblan y se estiran como si estuviera hecha de carne y hueso. Sin ruido, sin dificultad.

Un arma surge del agujero que acaban de abrir y el disparo reverbera por toda la habitación. En un intento desesperado, te tiras sobre Fiara y los dos rodáis por el suelo hasta la esquina opuesta.

—No hay salida —le dices, y ahora más que nunca maldices a tu padre por haber enrejado todas las ventanas.

—Para ti sí.

Fiara mete una hoja verde en el anillo, donde antes estaba el pétalo y te lo entrega.

—Póntelo. Dale tres vueltas y te llevará al bosque, lejos de aquí. Cuando salgas, dirígete al oeste. Hay un asentamiento humano que…

—¿Y tú?

¡PUM!

—El anillo solo tiene poder para llevarnos a uno de los dos. No pierdas más tiempo —te suplica con lágrimas en los ojos—. Me quedaré con el espejo; trataré de encontrarte.

—No pienso irme sin ti, Fiara. Te quiero.

Adviertes que las dos últimas palabras le atraviesan el alma, si es que tiene.

—¿A pesar… de ser como soy?

—Debido a cómo eres —contestas, y vuelves a besarla con premura, acariciándole el rostro frío con ambas manos.

—¡Están ahí dentro! —escuchas gritar.

Ella coloca las suyas sobre las tuyas y responde al beso con más intensidad.

—Si hay una vida más allá de esta…

—No digas eso…

—Si la hay —repite—, espero ser merecedora de ella y que nos encontremos de nuevo. No me olvides…

Para cuando te das cuenta de lo que está haciendo, ya es tarde.

—¡Fiara, no!

Ella le da una tercera vuelta al anillo en tu dedo y de pronto te encuentras abrazando el frío y el viento en el bosque.

No sabes dónde estás, sólo que te encuentras solo. Por fin has cumplido tu deseo de saber y de conocer qué había más allá del jardín, pero eso no te impide gritar el nombre de Fiara. Lo has logrado, sí, pero a cambio de dejar al otro lado del muro lo único que has querido de verdad alguna vez.

Gritas su nombre y después rodeas con los dedos de la otra mano el anillo que te ha librado de la muerte. «Trataré de encontrarte», te ha dicho. Y mientras tengas el anillo, podrá saber dónde estás, podrá volver a ti…, si logra abandonar el castillo con vida.

Son tales tu sufrimiento y tu inquietud que ni sientes el frío del invierno. Por suerte, el sol calienta la mañana más que los días anteriores y, a pesar de la escasa ropa que llevas, puedes soportar la baja temperatura. La pierna ortopédica se hunde en la nieve con cada paso, pero sientes que funciona. Debes dirigirte al oeste, es lo que te ha dicho. Y eso haces.

Y mientras andas, te preguntas cómo es posible que Fiara, a pesar de no tener un corazón, de no ser como tú, de haber nacido como una máquina, haya sido capaz de sacrificarse por ti, de quererte. Y cómo a ti te ha sucedido lo mismo.

¿No es el querer algo propio del ser humano?

Y entonces comprendes que en realidad no importa. Que, al final, el querer no tiene que ver tanto con el que quiere, sino con lo que hace sentir en el que es querido. Y Fiara ha logrado que te creas invencible, único, especial. Y te ha devuelto la valentía para enfrentarte al nuevo mundo que se abre ante tus ojos.

Por eso no dejas de caminar ni de luchar contra el hambre, la sed y el frío. Por eso no te detienes ni siquiera cuando ves imposible dar un paso más. Y por eso, cuando dos días después, ves en la distancia un asentamiento de chozas, besas el anillo y se lo agradeces a Fiara.

Sin embargo, aún está muy lejos y optas por descansar en una cueva cercana y alcanzarlo al día siguiente. En cuanto te encuentras a resguardo de las inclemencias del tiempo, el sueño se apodera de ti. Te acurrucas en lo más profundo del agujero con la pierna humana y la implantada entre tus brazos. Y es entre la vigilia y el sueño, cuando no sabes qué es real y qué no, cuando distingues un resplandor rojizo en el blanco helador. Y al principio crees que te has tumbado sobre un lecho de flores o que alguien ha encendido una hoguera.

—Alainn, he vuelto…

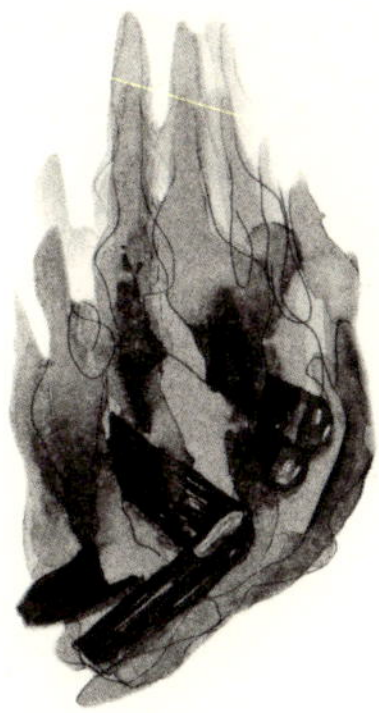

El cansancio se disipa de golpe al escuchar su voz y la esperanza te arranca del letargo. Entonces comprendes que las llamas no acarician… y que, más allá del jardín, las rosas se marchitan en invierno.